local

Pas de temps à perdre

ANNE CASSIDY

Lectrice assidue dès son enfance, Anne Cassidy écrit des livres pour les adolescents depuis huit ans. Ses livres préférés ont toujours été ceux qui reposent sur un mystère, un crime, une enquête. Anne Cassidy vit en Angleterre où elle est professeur. Ses auteurs favoris sont Ruth Rendell, Sue Crafton et Lawrence Block.

Anne Cassidy

Les enquêtes de Patsy Kelly
Pas de temps à perdre

Traduit de l'américain
par Robert Macia

éditions J'ai lu

Titre original : PATSY KELLY INVESTIGATES
- KILLING TIME
First published by Scholastic Ltd
Copyright © Anne Cassidy, 1999

Pour la traduction française :
© Éditions J'ai lu, 1999

1

Une sacrée chute

Il y avait foule à Huxley Point quand Kelly Ford se jeta du sommet de la tour. Il était quatorze heures quinze. C'était le premier mai. La place bruissait de monde : des mères avec leurs gamins, des couples enlacés, des maîtres jouant avec leurs chiens sur les pelouses clairsemées. Un marchand de glaces avait installé sa camionnette sur le trottoir, bien décidé à faire des affaires en cette belle journée de printemps.

C'était un immeuble de seize étages et Kelly s'envola du dernier tel un oiseau. C'est en tout cas ce que racontèrent les témoins. Ils marchaient tranquillement, papotant et mangeant des friandises ; l'instant d'après, ils s'étaient retrouvés le nez en l'air, regardant la fille tomber dans le vide.

Quelques secondes seulement s'étaient écoulées entre l'instant où sa silhouette avait basculé et le moment où son corps s'était écrasé sur le sol. J'imaginais le cri de surprise qui avait parcouru la foule. Les femmes serrant instinctivement leurs enfants contre elles ; le temps comme arrêté ; le silence impressionnant. Je pouvais voir les gens immobiles, suivant des yeux la jeune fille de seize ans qui descendait du ciel.

Personne n'avait bougé au moment de l'impact.

Une adolescente portant un fuseau noir était étendue sur la chaussée. Ses mains et ses bras, disait le rapport de police, furent parcourus d'un dernier spasme. Puis plus aucun signe de vie. La plupart des badauds avaient détourné le regard. La vision d'une jolie fille blonde gisant comme un pantin désarticulé sur le sol froid et sale n'est pas un spectacle agréable à contempler.

J'aurais probablement fait comme les autres, si j'avais été sur les lieux. Je serais restée figée, la bouche ouverte, à continuer de fixer bêtement le ciel longtemps après la chute. Mais je n'y étais pas. Je n'entendis pas les sanglots étouffés de quelques âmes sensibles ni les cris des gamins terrifiés qui appelaient au secours en courant en tous sens. J'appris plus tard que le glacier, paniqué, voulant joindre les pompiers sur sa C.B, enclencha par erreur son magnétophone. La chanson de Popeye le Marin avait jailli du haut-parleur et couvert le tumulte.

Je n'étais pas présente à Huxley Point mais j'aurais pu l'être.

Kelly Ford m'avait contactée quelques jours avant sa mort. Elle m'avait demandé de l'aider mais j'avais laissé courir. J'avais du boulot et la tête ailleurs.

Il était trop tard maintenant.

Le mieux serait peut-être que je reprenne au début. Une lettre était arrivée à l'agence, le vendredi précédant le décès de Kelly Ford. Je devais accompagner Billy, mon petit ami, à l'aéroport. Il partait pour une mission d'un an en Afrique et je n'étais pas dans mon assiette. J'étais même en pleine déconfiture. Un an me paraissait la vie entière ; pas de grandes vacances, ni d'anniversaires, de Noël, ni de Saint-Valentin. Une année à traîner ma mélancolie dans la grisaille des rues de l'East London pendant qu'il parcourrait les forêts tropicales. J'en étais malade.

J'étais passée au bureau pour trier le courrier et donner

quelques coups de fil. Dans la pile que me tendit aimablement le facteur, je trouvai une lettre qui m'était adressée : *Anthony Hamer Enquêtes, A l'attention de Mlle Kelly.* Je fixai l'enveloppe, étonnée.

Il était rare que l'on m'écrive personnellement au bureau. Je travaillais avec mon oncle depuis presque deux ans. J'avais fait à peu près tout, ici ; dactylo, archiviste, réceptionniste. Je préparais le thé quand il avait de la visite, répondais au téléphone et m'occupais des fournitures. Puis j'avais pris du galon. D'abord des broutilles, quelques cas d'arnaques à l'assurance, des personnes disparues ou des querelles matrimoniales. Très vite, je m'étais retrouvée impliquée dans de sordides histoires de meurtres, j'avais d'ailleurs failli y laisser deux fois ma peau. La presse m'avait surnommée, « l'enfant détective ». Ce qui ne me plaisait pas trop. J'avais surtout eu de la chance...

C'était une enveloppe blanche. L'écriture était appliquée. Je la décachetai avec le pouce. A l'intérieur, une courte note.

Chère mademoiselle Kelly,
Vous ne me connaissez pas mais j'ai lu vos exploits dans la presse locale. J'ai de gros ennuis. Je ne sais pas comment faire. Je reçois des menaces de mort. J'ai peur pour ma vie. J'ai besoin d'aide. Je préfère éviter la police. Vous pouvez me joindre au numéro ci-dessous. Appelez-moi, je vous raconterai tout plus en détail. J'ai de l'argent. Rassurez-vous, vous serez payée.

Kelly Ford.

Je composai les huit chiffres indiqués. Pas de réponse. J'essayai à nouveau une demi-heure plus tard, juste avant de partir. Je laissai sonner une vingtaine de fois. Rien. Je raccrochai et relus le mot. Je ne savais pas quoi faire. Je regardai ma montre. Il était onze heures. Billy m'attendait à la demie. Je griffonnai un mot sur un Post-it et le laissai en évidence pour Tony.

URGENT. Peux-tu t'occuper de cette affaire ? Je suis allée conduire Billy à l'aéroport.

Je soulignai URGENT de trois traits. Malheureusement, il ne devait revenir qu'en début d'après-midi.

Peu importe. J'étais en retard. Je refermai la porte à double tour. Dans l'escalier, Kelly Ford m'était déjà complètement sortie de la tête. Je pensais à Billy. Il partait au bout du monde pour un an. J'imaginai sa valise, avec son étiquette marquée Angola, pleine de T-shirts et de shorts. Je sentis comme un immense vide dans ma poitrine.

Je garai ma petite Golf noire devant la maison. Billy sortit aussitôt, un sac de voyage à chaque main.

— Tu ne prends que ça ? m'étonnai-je.

— Je n'ai pas besoin de plus, répondit-il en les fourrant à l'arrière de la voiture.

Il portait un jean, une chemise à manches longues et, autour de la taille, la ceinture à compartiments que nous avions achetée ensemble quelques jours auparavant. Il pouvait y caser son passeport, son argent, ses clés. Chaque petite poche se refermait avec du Velcro. Billy avait été emballé par cette trouvaille. Il avait passé des heures à décider où ranger chaque chose.

— C'est vachement pratique, n'arrêtait-il pas de dire.

Toujours dans la même boutique, je lui avais offert un petit coussin gonflable en perspective de son long voyage en avion. Il m'avait regardée d'un drôle d'air quand il avait ouvert le paquet. Je m'étais sentie ridicule. De retour à la maison, il s'était empressé de le déballer et nous avions joué au foot avec. Puis il était revenu s'extasier sur sa ceinture, s'émerveillant comme un môme en pensant à tout ce qu'on pouvait y loger.

— C'est super bien conçu, répétait-il en hochant la tête, ravi.

C'était du Billy pur jus. Il lui fallait du concret. Rien de frivole mais des machins utiles et, si possible, ingénieux. Il s'était toujours comporté comme un garçon plus vieux que son âge. A la mort de ses parents, dans un accident de voiture, il avait dû apprendre à se débrouiller seul. Il avait grandi plus vite que les autres.

J'étais à ses côtés dans son malheur. Nous étions restés amis très longtemps avant de nous mettre ensemble.

— Tu ne vas pas te traîner comme un escargot jusqu'à l'aéroport ? s'exclama-t-il, plaisantant à moitié.

— Tu ne crois pas que le moment est mal choisi pour critiquer ma manière de conduire ? répliquai-je.

— J'en ai bavé sur cette bagnole, poursuivit-il avec un large sourire.

— Ça c'est vrai, acquiesçai-je en lui rendant son sourire.

Mais il ne le vit pas. Il était perdu dans la contemplation du tableau de bord qu'il caressait avec fierté.

Quelques semaines auparavant, j'avais enfin réussi à passer mon permis. Billy m'avait dégoté cette vieille Golf toute pourrie qu'il avait complètement remise en état. Il m'en avait donné les clés le jour de mon examen alors que je lui brandissais sous le nez le précieux document.

Il avait fait du super boulot. Je poussais des oh ! et des ah ! admiratifs alors qu'il me faisait l'article comme un vrai pro de l'occase. J'avais toutes les options, la commande intérieure des rétros, les vitres électriques. C'était le plus beau cadeau qu'on m'ait jamais fait.

Nous arrivâmes largement en avance. Après l'enregistrement des bagages, nous partîmes acheter quelques magazines et de quoi grignoter. Je lui demandai à nouveau ce qu'il allait faire là-bas ; il me l'avait pourtant déjà expliqué des dizaines de fois.

– Je vais m'occuper de tout ce qui a un moteur et former les gens à la mécanique. Pas seulement les jeunes, mais chaque habitant du village. Je vais partager leur vie.

J'écoutais distraitement tout en jetant un œil sur les tableaux où s'affichaient les prochains départs. Nous n'eûmes pas le temps de poursuivre la conversation. Les passagers du vol de Billy étaient appelés à l'embarquement.

Nous demeurâmes figés sur place. Je ne savais pas quoi dire.

– Ce n'est pas si long que ça, bredouilla-t-il en me regardant avec intensité.

– Non, soufflai-je en baissant la tête.

Puis il m'embrassa sur le front et me serra contre lui.

Je n'attendis pas que l'avion décolle. Je n'avais qu'une envie, quitter l'aéroport et regagner Londres. Il était inutile de retarder l'interminable compte à rebours d'une année qui avait commencé lorsqu'il avait franchi les portillons.

Je rentrai chez lui. Il m'avait proposé d'habiter là pendant son absence mais je n'étais pas sûre de pouvoir le supporter. La première chose que je vis en entrant dans la cuisine, ce fut le coussin gonflable abandonné sur la table. Je me laissai tomber sur une chaise et éclatai en sanglots.

Lundi matin, je me rendis directement chez un de nos clients, une compagnie d'assurances qui travaillait depuis longtemps avec Tony, pour récupérer deux dossiers en cours. Je flânai le reste de la matinée dans des boutiques de fringues, m'attardant sur les tenues d'été. Je regagnai le bureau après le déjeuner. Tony était scotché devant sa bécane. Un sandwich entamé et un paquet de biscuits étaient posés près du clavier. Il avait perdu pas mal de poids ces derniers temps. Mais visiblement, il avait décidé d'arrêter son régime.

– Je suis en train de créer un serveur sur le web, dit-il sans me regarder.

– Tu as vu le message que je t'ai laissé vendredi ? demandai-je.

– Je ne suis pas repassé à l'agence avant ce matin.

– Oh !

Je fouillai dans les papiers de mon oncle et retrouvai la lettre. Le Post-it était toujours collé sur l'enveloppe. Je retournai dans l'autre pièce et attrapai le combiné. Je laissai sonner cinq bonnes minutes. Cette histoire commençait à me taper sur le système. Tout ce que j'avais, c'étaient un nom et un numéro de téléphone qui ne répondait jamais. Comment Kelly Ford voulait-elle que j'entre en contact avec elle ? Je n'avais aucune idée de ce que je devais faire. Je gardai l'affaire sous le coude en attendant d'en parler avec Tony plus tard dans la journée.

J'appris la nouvelle par téléphone, aux environs de seize heures.

– Bonjour. Anthony Hamer, enquêtes en tout genre. Que puis-je pour vous ?

J'avais répondu de ma voix la plus pro et m'apprêtais à prendre des notes au cas où il s'agirait d'un nouveau client.

– Patsy, c'est Heather Warren.

– Oh ! salut ! Je ne t'avais pas reconnue. Comment tu vas ?

Heather était inspecteur de police. J'avais collaboré avec elle à plusieurs reprises.

– Pas terrible. J'arrive de Huxley Point. Une gamine de

seize ans est tombée du haut de la tour. Accident ou meurtre ? On ne sait encore rien.
– Non ?
– Le problème, c'est qu'on a retrouvé un morceau de papier dans ses poches avec ton nom et l'adresse de l'agence.

Je regardai la lettre avec le Post-it posée devant moi. Elle était arrivée trois jours plus tôt et je ne m'étais pas bougé les fesses.

– Est-ce que le nom de Kelly Ford te dit quelque chose ? reprit Heather.

Kelly Ford. Je me passai la main dans les cheveux et fermai les yeux.

Je reçois des menaces de mort. J'ai peur pour ma vie.
– Oui, répondis-je d'une vois morne.
J'étais consternée.

2

Kelly Ford

Tony était furieux. Il lança son paquet de biscuits à travers la pièce.

– Une adolescente nous contacte parce qu'elle se sent en danger de mort et tu disparais tout le week-end !

– J'avais déposé l'enveloppe sur ton bureau. Tu devais repasser à l'agence vendredi après-midi.

Je sentais que j'allais m'énerver. Il était gonflé. Ce n'était pas ma faute quand même ! Mon oncle prit une profonde inspiration et commença à parler d'une voix anormalement calme.

– Règle numéro un : si une personne nous appelle au secours, nous devons intervenir immédiatement.
– C'est ce que j'ai fait !
– Non, tu t'es contentée de décrocher ton téléphone deux fois puis tu as laissé tomber.
– Tu étais absent !
J'avais élevé la voix. Je serrai les mâchoires et fixai Tony droit dans les yeux.
– Règle numéro deux, reprit-il après un court silence, si tu ne peux pas t'en occuper toi-même, tu mets un de nos collaborateurs extérieurs sur le coup. Ou même une autre agence. Tu ne devais pas abandonner cette fille. Elle avait besoin de toi et tu n'as pas répondu à sa demande. C'était ton devoir, Patricia. Ton devoir. Elle est morte maintenant.
Il tourna les talons et disparut dans son bureau. J'étais effondrée. Je restai prostrée dans mon fauteuil pendant un temps qui me parut infini. Puis je me levai et ramassai le paquet de biscuits complètement explosé.
Une heure plus tard, je me retrouvai au commissariat en face de Heather Warren. Elle se montra plus compréhensive que Tony.
– Ce sont des choses qui arrivent, Patsy. Tu as commis une erreur de jugement. Personne n'est à l'abri.
Je connaissais Heather depuis mes débuts chez Tony. Nous avions travaillé plusieurs fois ensemble et elle m'aimait bien. J'aurais dû me sentir réconfortée. Mais ce n'était pas le cas. Au contraire. Je me sentais oppressée par l'angoisse tandis qu'elle parcourait la lettre que j'avais apportée. Elle la relut deux fois.
– Mon oncle est furieux, dis-je en repensant au savon qu'il m'avait passé.
Elle poussa un profond soupir. Tony et elle ne s'entendaient pas très bien.

– Comme s'il n'avait jamais fait d'erreur, mumura-t-elle. Il se croit donc parfait.

J'esquissai un pauvre sourire puis tournai la tête. Une cloison vitrée nous séparait de la salle commune de la Criminelle. La plupart des visages m'étaient familiers. Sur le mur d'en face, je remarquai que le grand tableau blanc avait été débarrassé de ses habituels avis de recherches et documents divers. Une femme de ménage finissait de l'essuyer avec un chiffon.

Le panneau allait servir à afficher les principales données sur l'enquête en cours. D'ici ce soir, il y aurait les clichés de l'identité judiciaire prises au pied de la tour. Puis quelques photos de Kelly Ford encore en vie. Des notes manuscrites viendraient ensuite s'ajouter à tout ce fourbis ; la description des lieux du drame, une carte du coin, des schémas, le nom de quelques suspects, les derniers déplacements de la victime.

Heather tapait maintenant fébrilement sur le clavier de son ordinateur.

– Raconte-moi ce qui est arrivé à Kelly Ford, lançai-je.

Heather me fixa en silence un court instant. Je n'avais pas remarqué à quel point elle paraissait fatiguée. Elle avait les cheveux en désordre comme si elle n'avait pas eu le temps de se passer un coup de brosse. Un détail me frappa. Elle portait une paire de boucles d'oreilles dépareillées. Elles se ressemblaient, bien sûr, trois petites perles pendant au lobe. Mais celles de gauche étaient en argent et celles de droite en bois.

Heather était toujours impeccable, parfaitement coiffée et maquillée. Je savais combien il lui avait été difficile de s'imposer auprès de ses collègues masculins après sa promotion. Une belle femme dans la trentaine qui leur dame le pion ! Elle mettait un point d'honneur à être irréprochable. Je me demandai ce qui allait de travers aujourd'hui.

– Que les choses soient claires entre nous, Patsy, commença-t-elle. Je veux bien te parler de cette affaire mais tu dois me promettre de garder le secret sur ce que je vais te dire. De plus, il n'est pas question que tu te mêles de cette histoire. Il s'agit d'une enquête sur un meurtre. Si tu commences à fouiner de ton côté, ça risque de me retomber dessus. Reste en dehors. Juré ?

Je hochai brièvement la tête.

Cette mise au point terminée, Heather retrouva son ton professionnel : cassant, sans l'ombre d'une émotion.

– Kelly Ford avait seize ans, elle était en terminale. Elle vivait à Stratford, à quelques stations de bus de Huxley Point. Nous n'avons pu interroger que son frère, James. Sa mère était trop bouleversée pour nous répondre, tu t'en doutes.

Je fis signe que oui.

– James nous a révélé que depuis quelque temps elle semblait déprimée. Elle sortait avec le cousin de sa meilleure copine, un certain Vincent Black. Le type est en taule à la suite d'une grave agression. Il était déjà fiché chez nous.

– Il n'est donc pas dans la liste des suspects ?

– Non. Il y a six mois, Vincent Black, sa cousine et Kelly Ford sont entrés dans une bijouterie pour voir des bagues. Un autre client s'est pointé pendant que la vendeuse s'occupait de nos trois oiseaux. Dan Mackenzie, c'est le nom du client, était venu récupérer la montre ou le bracelet de sa petite amie. Je ne sais plus. Une bagarre a éclaté. Les caméras de surveillance ont filmé la scène. Dan Mackenzie s'est effondré et Vincent Black a continué à le tabasser. Le trio s'est tiré. Mackenzie s'est relevé. Il a refusé qu'un des employés le raccompagne. Le problème, c'est qu'il est tombé dans les pommes une demi-heure plus tard en regagnant son domicile. Il est décédé trois jours après à l'hôpital. Il avait vingt-trois ans.

– Oh ! non !

– Vincent Black a été inculpé de coups et blessures ayant entraîné la mort sans intention de la donner, et condamné à un an de prison. C'était juste après Noël. Kelly Ford était bouleversée pendant le procès mais, dès que Vince s'est retrouvé derrière les barreaux, elle a repris du poil de la bête.

– Elle avait rencontré quelqu'un d'autre ?

– James a été incapable de nous le dire. Tout ce qu'il sait, c'est qu'elle sortait peu. Vince l'a suppliée de lui rendre visite en taule. Ce qu'elle a fait. Il y a eu une violente dispute. Il s'est jeté sur elle au parloir. Il a fallu deux surveillants pour le maîtriser. Là aussi, tout a été filmé. Pauvre Vincent Black. Chaque fois qu'il fait un pas de travers, il y a un magnétoscope pour l'enregistrer.

– Kelly n'est pas retournée le voir ?

– Non. Une semaine avant sa mort elle a décidé de déménager. Elle ne se sentait plus en sécurité. Elle est partie vivre chez un copain. Nous n'avons pas encore pu mettre la main dessus.

– Et le numéro de téléphone ? Celui qui est dans sa lettre ?

– Un portable. Celui de sa mère. Elle le lui avait prêté quand elle a quitté le domicile. Pour rester en contact. Elle a appelé deux ou trois fois. Mais comme je te l'ai dit, je n'ai pas pu interroger Mme Ford. Je n'ai que la déposition de James.

– Tu ne crois pas à la thèse du suicide ?

– Je n'en sais rien. Pour l'instant, nous enquêtons sur un meurtre. Elle se sentait en danger au point de vouloir t'engager. Ensuite, elle tombe de la tour. Ce serait une drôle de coïncidence, tu ne trouves pas ?

Le téléphone sonna à ce moment. Heather décrocha. Elle prit une feuille et commença à prendre des notes.

Je me calai contre le dossier de ma chaise et repensai aux circonstances de la mort de Kelly. Pourquoi Huxley Point ? Est-ce qu'elle connaissait quelqu'un dans le coin ? Pourquoi cet immeuble en particulier ?

Heather continuait à écrire fébrilement. Elle paraissait tendue.

– D'accord... Tu m'envoies ton rapport, dit-elle avant de reposer le combiné.

– Alors ?

– C'était le labo. Ils poursuivent les analyses. Ils ont découvert des marques suspectes sur les bras et aux épaules qui laissent supposer qu'il y a eu lutte.

– Il n'y a pas de nouveaux témoins ?

– Pas que je sache. J'ai envoyé des hommes faire du porte-à-porte dans les environs. On apprendra peut-être quelque chose.

Heather se passa nerveusement une main dans les cheveux puis prit une profonde inspiration, comme quelqu'un qui sort de l'eau.

– Ça ne va pas ? demandai-je. Tu n'as pas l'air dans ton assiette.

– Ne t'inquiète pas. Il y a des jours où ce boulot me fiche le moral à zéro.

J'avais l'impression qu'elle avait grossi. Elle avait le visage bouffi et de larges cernes sous les yeux.

– Tu es fatiguée ?

– Je ne dors pas très bien en ce moment, avoua-t-elle. Je suis un peu surmenée. Rien de grave.

Elle manipula la souris et cliqua pour ouvrir un fichier sur son ordinateur. Je me levai pour partir.

— Je sais que ça ne me regarde pas et je n'ai pas l'intention de travailler sur l'affaire, mais est-ce que ça t'ennuierait de me tenir au courant. Je me sens responsable...

— Je te ferai savoir s'il y a du nouveau. Officieusement, bien sûr.

Je quittai Heather après l'avoir remerciée et traversai la grande salle. Je jetai un coup d'œil au passage sur le tableau blanc. Quelqu'un avait écrit MEURTRE DE KELLY FORD en haut à droite. Je saluai de la tête deux personnes que je connaissais et sortis.

MEURTRE. C'était un mot qui me remuait toujours les tripes.

3

Repose en paix

Les obsèques de Kelly Ford devaient avoir lieu dans dix jours. Autant dire un siècle.

Les jours semblaient se traîner, plus mornes les uns que les autres. Tony était très pris par un problème d'assurance et je restai la plupart du temps seule au bureau. Les rares fois où nous nous croisions, il me balançait des remarques sur « ces gens qui n'ont pas de conscience professionnelle et négligent leur travail ».

Les choses n'allaient pas mieux à la maison. Maman et son encombrant petit ami préparaient leur mariage, qui était prévu pour début juin. Elle était constamment pendue au téléphone avec le fleuriste, le traiteur ou la couturière. Gerry, son « fiancé », une espèce d'étudiant attardé, était invariablement vautré dans le fauteuil, clignant des yeux derrière ses lunettes rondes, les mains posées à plat sur sa bedaine, l'air satisfait.

Je m'occupais comme je pouvais. Je triais des papiers et entrais dans l'ordinateur les coordonnées des nouveaux clients. Une fois ces corvées terminées, je faisais du ménage, détartrais la théière, comptabilisais les provisions de thé et de biscuits. Puis je revenais à ma place et repensais à Kelly Ford. Je me demandais si la police était sur une piste. J'avais sorti mon portable de mon sac. Je ne pouvais m'empêcher de le regarder, priant pour qu'il sonne, que Heather m'annonce qu'ils avaient arrêté le coupable et que l'affaire était classée.

Je demeurais des après-midi entiers à ruminer. Je me surpris plusieurs fois à tester la batterie de mon mobile. J'appelais régulièrement l'horloge parlante pour vérifier que j'étais toujours connectée.

Quand je n'attendais pas le coup de fil de Heather, je rêvais de recevoir une lettre de Billy. Il n'était pas parti depuis une semaine, que je commençais déjà à surveiller le facteur.

Billy m'avait promis de me donner de ses nouvelles le plus rapidement possible.

– Dès que je serai installé, je te raconterai tous les détails. En cas d'urgence, tu peux contacter notre bureau à Londres qui te donnera le numéro de quelqu'un qui saura où me joindre.

La veille de son départ, il m'avait acheté un lot d'enveloppes et de papier spécial avion. Nous étions assis côte à côte sur le canapé du salon.

– J'aurais pu m'en procurer moi-même ! m'exclamai-je.

– Je sais. N'empêche que maintenant tu n'as aucune excuse si tu ne m'écris pas.

– Je comptais le faire, répliquai-je. Tu me prends pour qui ?

– C'est juste au cas où tu te retrouverais embringuée dans une de tes enquêtes et que tu oublies ton cher Billy.

Il me serra contre lui. Nous restâmes un moment silencieux. J'avais un énorme poids sur la poitrine.

– Comme si je pouvais, soupirai-je.

Il m'embrassa dans le cou. Le paquet d'enveloppes glissa à terre.

Il se pencha pour le ramasser.

– Je te connais par cœur, Patsy. Quand tu es sur une affaire, je n'existe plus.

– C'est faux ! me récriai-je.

Je me sentais de moins en moins bien.

Nous aurions pu partir ensemble en Afrique. Ce n'était pas faute de me l'avoir proposé. Il m'avait même suppliée. Une année de mission humanitaire. Nous aurions aidé ensemble les plus déshérités au lieu de nous vautrer dans le confort, uniquement préoccupés par nos petits problèmes.

J'avais refusé. Je ne pouvais pas me permettre d'abandonner mon boulot.

Pourquoi n'étais-je pas partie ? Je n'arrêtais pas de me poser la question tandis que je rangeais les provisions dans la minuscule cuisine du bureau. Je n'avais pas été très brillante sur l'affaire Kelly Ford. C'est le moins que l'on puisse dire. Le seul cas qui justifiait à lui seul que je n'aie pas accompagné Billy était arrivé au mauvais moment. J'avais tout faux.

L'Afrique. Maintenant que c'était trop tard, j'aurais donné n'importe quoi pour y être.

Je me rendis tôt à l'église et m'installai au fond. Je n'avais aucune raison professionnelle d'assister aux funérailles de Kelly Ford. Je ne l'avais pas connue mais sa mort m'avait bouleversée. Je n'étais pas croyante, je ne connaissais pas de prières. Pourtant, il me semblait important de me trouver là. J'avais acheté un bouquet de lys blancs que j'avais déposé devant l'autel à côté des autres fleurs.

Je regardai les gens arriver par petits groupes, l'air hésitant. Leurs pas résonnaient sous les voûtes. Quelques-uns se saluaient discrètement d'un petit signe de la main avant de s'asseoir. Le cercueil était sur des tréteaux dans l'allée centrale, près du chœur. Il était orné d'une couronne de fleurs multicolores.

L'orgue joua quelques notes puis les premiers accords de la marche funèbre retentirent. C'est alors que je vis une femme, la quarantaine, en grand deuil, soutenue par un jeune homme d'une vingtaine d'années, remonter lentement une travée latérale. Elle était livide, les lèvres serrées. Le visage du garçon était déformé par la douleur. Il essayait désespérément de retenir ses larmes.

« C'est la mère et le frère de Kelly Ford », pensai-je. Je croisai brièvement son regard alors qu'elle passait devant moi. C'était un regard terrible, chargé de colère.

Le service venait à peine de commencer quand Heather Warren et un de ses collègues déboulèrent. Je connaissais le type. L'inoubliable Des Murray. Nous ne nous entendions pas très bien et je le vis murmurer quelque chose à l'oreille de son supérieur quand il m'aperçut. Heather vint s'asseoir près de moi.

– Qu'est-ce que tu fais là ? souffla-t-elle. Je croyais que nous avions conclu un accord et que tu devais rester en dehors de tout ça.

– C'est toujours valable, répondis-je en parlant le plus bas possible. Je voulais juste assister à la messe.

Un couple devant nous se retourna et nous jeta un regard désapprobateur. Heather rejeta la tête en arrière en poussant un profond soupir. Elle se leva avec d'infinies précautions et se dirigea sur la pointe des pieds à l'autre bout de l'église.

Je l'observai à la dérobée. Elle portait un vieil imper beige tout froissé. Ses cheveux étaient négligemment retenus en arrière par un élastique. Ce n'était plus la femme élégante, débordante d'énergie que j'avais connue.

Le sermon était interminable. La plupart des assistants n'y prêtaient plus qu'une oreille distraite, quelques-uns bâillaient, d'autres consultaient discrètement leur montre.

C'est alors que j'entendis des talons aiguilles résonner juste derrière moi. Je me retournai. Une grande rousse vêtue d'un courte robe noire remontait l'allée. Elle s'arrêta pour enlever son petit sac à dos qu'elle garda à la main et se fraya un chemin jusqu'à une place, deux travées plus bas. Tout le monde la regardait. Une rumeur parcourut l'assistance.

Heather parlait à Des Murray. Elle avait la main devant sa bouche et ne quittait pas des yeux la nouvelle venue.

La cérémonie prit fin peu de temps après. J'attendis la levée du corps. Mme Ford suivait le cercueil de sa fille. Elle s'appuyait sur le bras d'une frêle jeune femme aux cheveux coupés très court. James marchait au milieu du cortège.

En sortant de l'église, le soleil me fit cligner des yeux. Les gens avaient commencé à se disperser lentement. Les uns essayaient de se caser dans les voitures qui partaient pour le cimetière ; d'autres s'attardaient à discuter avec des amis qu'ils n'avaient pas revus depuis longtemps.

Je me retrouvai par hasard à quelques pas de la grande rousse. Malgré sa robe noire, la pauvre fille n'avait pas du tout l'air à sa place. Elle était trop voyante. Elle tenait une cigarette non allumée à la main. Ses ongles étaient peints en rose fluo.

Mme Ford lui jeta un regard méprisant. La jeune femme s'approcha.

— Je me demande ce que vous êtes venue faire ici ! s'ecria Mme Ford sur le ton d'une institutrice qui réprimande une élève rebelle.

Tous les visages se tournèrent vers les deux femmes.

La rousse resta un moment interdite puis son menton frémit et ses yeux se remplirent de larmes. Elle s'avança hésitante vers Mme Ford puis posa sa tête sur son épaule. Mme Ford soupira. Elle se mordit les lèvres et la repoussa doucement.

— Pas maintenant, Carly, murmura-t-elle.

La fille éclata en sanglots et s'éloigna à grandes enjambées. Mme Ford et son fils s'engouffrèrent dans la voiture. La portière claqua, les conversations reprirent autour de moi comme si rien ne s'était passé.

J'étais vidée. Je me sentais désespérément seule. Je ne savais pas quoi faire quand je remarquai la fille aux cheveux courts qui soutenait Mme Ford en sortant de l'église. Elle devait avoir mon âge. Je me dirigeais déjà vers elle quand Heather m'attrapa par le bras. Grâce au ciel, Des Murray avait disparu.

— C'était qui, cette fille ? demandai-je. La rousse qui est partie en pleurant ?

— Carly Dickens. La meilleure amie de Kelly. Elle n'était pas très appréciée dans la famille. James pense qu'elle avait une mauvaise influence sur sa sœur.

— Pas de piste ?

— On piétine. Mes gars ont bossé comme des fous. Ils ont ratissé la ville à la recherche d'un indice. Rien. Nous ne sommes pas plus avancés qu'au début de l'enquête.

— Pourtant, ça s'est passé en plein après-midi !

Deux hommes chargeaient les couronnes de fleurs dans une fourgonnette noire. Il n'y avait plus personne sur le parvis. Des Murray était en grande conversation avec le chauffeur.

– Elle a appelé sa mère deux fois pour lui dire que tout allait bien, reprit Heather en baissant la voix. Personne ne l'a revue. Aucun témoin ne se souvient de l'avoir aperçue à Huxley Point le jour du drame. Aucun occupant de la tour ne l'a croisée devant les ascenseurs ni dans les escaliers. Jusqu'à sa chute dans le vide, aucune trace d'elle.

– C'est vraiment bizarre, murmurai-je pensivement.

– C'est la femme invisible, lâcha Heather. Remarque, la tour doit être démolie. Il ne reste plus que la moitié des locataires, tous dans les étages inférieurs. La porte donnant accès au toit ne fermait plus, probablement depuis des mois.

– Et sa famille ? Sa mère, son frère ?

Le cortège funèbre venait de s'ébranler. Des Murray était appuyé contre une voiture en stationnement, les bras croisés, la mine renfrognée. Heather se passa la main sur le front en secouant la tête.

– C'est un drôle de couple. Mme Ford n'est pas un modèle d'équilibre et le frère est du genre fermé. C'est plutôt un solitaire. Il ne traînait qu'avec sa sœur. J'ai eu l'impression qu'ils en savaient plus sur Kelly que ce qu'ils me racontaient. Mais je n'ai pas osé insister trop. Les secrets de famille sont difficiles à percer. Il faut y aller doucement.

J'ouvrais la bouche pour poser une nouvelle question quand je vis Heather vaciller.

– Excuse-moi, Patsy, je ne me sens pas très bien...

Elle ferma un instant les yeux puis s'éloigna brusquement en direction de l'église. Deux secondes plus tard, Des Murray surgissait devant moi, les mains dans les poches.

– Mademoiselle Kelly, ce n'est pas gentil d'embêter l'inspecteur Warren.

Je décidai de l'ignorer. J'étais inquiète pour Heather. J'aurais dû l'accompagner. Elle réapparut sur le parvis peu de temps après, un mouchoir à la main. Elle n'avait pas l'air beaucoup mieux.
– Ça va ? demandai-je quand elle nous rejoignit.
– Un petit malaise.
Des Murray consulta sa montre.
– Il faut y aller, dit Heather. Le convoi doit être arrivé au cimetière. Tu viens ?
– Non. J'ai du travail.
C'était faux. Je n'avais rien à faire mais je ne me sentais pas le courage d'assister à la mise en terre. Je les regardai monter dans leur voiture puis regagnai la mienne.
Je n'arrêtais pas de penser à Huxley Point. Quelqu'un avait balancé dans le vide une gamine de seize ans, par une belle journée de printemps. Et personne n'avait rien remarqué de spécial.
Ça n'avait aucun sens.

4

Des relations difficiles

Le lendemain matin, quand je descendis prendre mon petit déjeuner, l'atmosphère était glaciale. Gerry et maman étaient tous les deux dans la cuisine.
– Salut ! lançai-je à la cantonade.
– Salut, marmonna Gerry sans lever la tête.
– Bonjour, grommela maman d'une voix inaudible, le nez dans son journal.
Je mis deux toasts à griller et cherchai une station de musique sur la radio. Aucun doute, ces deux-là s'étaient

disputés. Je me demandai ce qui avait bien pu se passer. Jusqu'à maintenant, ils paraissaient filer le parfait amour. Il m'était arrivé plusieurs fois de les surprendre sur le canapé, serrés l'un contre l'autre comme deux tourtereaux ou en train de s'embrasser fougueusement. Ils éclataient de rire en me voyant rougir comme une pivoine.

Depuis que la date du mariage avait été arrêtée, la maison ne désemplissait pas. Il y avait continuellement du monde. Des amis qui venaient féliciter l'heureux couple ; d'autres qui proposaient leur aide pour constituer les plans de table ou dresser la liste des invités. Ils discutaient à l'infini de la bouffe, du choix de la musique, des fleurs. A deux ou trois reprises, j'étais rentrée tard et j'avais trouvé Gerry dans le salon avec ses potes et maman dans la cuisine avec ses copines. Je m'étais sentie étrangère dans ma propre maison.

Je n'avais aucune intention de me laisser envahir par les préparatifs de la noce. En fait, j'avais décidé de ne pas m'en mêler, préférant la compagnie de Billy. J'avais même envisagé de partir quelques jours à Birmingham chez mon père. J'y avais renoncé au dernier moment.

Les choses n'avaient fait qu'empirer depuis le départ de Billy. Toutes les pièces avaient été réquisitionnées pour la circonstance. Même ma chambre, dans laquelle maman avait caché sa robe de mariée pour que Gerry ne la voie pas. Heureusement, elle n'avait pas choisi le déguisement habituel, blanc avec traîne, voile, diadème et tout le bazar. Le volume sonore des conversations à propos de la cérémonie avait lui aussi augmenté. Comme si on avait tourné le bouton du son à fond.

Je ne pouvais plus faire un pas sans entendre parler mariage. J'avais l'impression qu'un ballon de baudruche géant avait progressivement envahi tout mon espace vital.

– Tu peux me passer la confiture, Pats ? dit Gerry.

Je lui tendis le pot sans desserrer les dents. Il fallait que je mette les choses au point une bonne fois pour toutes. J'avais horreur de ce surnom qu'il était le seul à employer. Ça me hérissait.

– Tu as oublié le lait, ma chérie.

Maman était assise à l'autre bout de la table, le plus loin possible de Gerry.

J'ouvris le frigo et lui apportai la bouteille. Elle avait l'air crispée.

– Il y a un problème ? demandai-je en les dévisageant à tour de rôle.

– Ta mère refuse que j'abandonne mes études pour aller travailler.

Je restai bouche bée. C'était la première fois que Gerry évoquait la possibilité de plaquer ses chers bouquins et de se conduire autrement qu'en adolescent qui passe ses journées à la cafétéria. C'est d'ailleurs là qu'ils s'étaient rencontrés. Maman en tailleur impeccable ; Gerry en jean délavé.

– Dis-lui quel genre de boulot tu as trouvé, reprit maman en agitant fébrilement le canard qu'elle faisait semblant de lire depuis tout à l'heure.

– On m'a proposé un job de serveur à la Tête de Taureau. Je pourrais me faire un peu d'argent. C'est un bar qui marche bien. Je ne supporte plus d'être à la charge de ta mère.

– Tu n'es pas à ma charge, je te soutiens financièrement, nuance ! s'écria maman. Ça fait deux ans que tu trimes sur ton examen. Encore un an et tu seras diplômé. Et là tu pourras trouver un vrai travail, avec un salaire décent, des congés payés, une retraite. Pas vrai, Patsy ?

Maman me regardait dans les yeux, attendant que je lui donne raison.

– En attendant, c'est toi qui paies les factures et je dois

quémander de l'argent de poche ! Ce n'est plus possible ! Un homme a besoin de son indépendance. Qu'est-ce que tu en penses, Patsy ?

Gerry me lança un regard complice. Il connaissait parfaitement mon opinion sur ce point. Je ne m'étais jamais privée de le traiter de pique-assiette.

– Il est en train de tout gâcher. Plus qu'un année et il est tiré d'affaire. Dis-lui, Patsy !

Honnêtement, j'aurais dû me ranger du côté de Gerry, mais maman n'avait pas tout à fait tort.

Par chance, le téléphone sonna juste à ce moment dans l'entrée.

– J'y vais, dis-je, sautant sur l'occasion.

Je refermai la porte en sortant et poussai un soupir de soulagement. Enfin un peu de paix. Je décrochai le combiné et reconnus immédiatement la voix à l'autre bout de la ligne.

– Patsy ? C'est Heather.

Coup de pot, c'était pour moi.

– Salut, comment tu te sens ?

– Un peu mieux.

– Tu devrais aller chez le médecin, voir ce qui ne va pas.

Heather éclata de rire puis il y eut un long silence. Je crus un instant que la ligne avait été coupée.

– Je sais ce que j'ai, reprit-elle enfin. Je suis enceinte. Voilà le problème.

– Non ?

Je restai sans voix.

– Tu es encore là ? demanda-t-elle.

– Oui... J'ai du mal à réaliser. C'est plutôt une bonne nouvelle, non ?

– Pas tant que ça, Patsy. A la vérité, je ne saute pas de joie.

– Dommage.
– Tu imagines un enfant, avec la vie que je mène ? Il n'y a pas de crèches dans les commissariats.
– Et le père ?
– Terminé. Ce sont des choses qui arrivent. Ça ne pouvait pas marcher entre nous.
– Tu vas le mettre au courant ?
– Crois-moi, il s'en fiche.

La porte de la cuisine s'ouvrit et maman sortit dans le couloir. Elle parlait à toute vitesse.

« Tu vas abandonner tes études pour un boulot minable. Ça me rend malade. Malade ! »

Gerry la suivit dans le salon, il acquiesçait de la tête comme quelqu'un qui a fini par se rendre aux arguments de l'adversaire.

« Je dois reconnaître que tu n'as pas franchement tort. Si tu acceptes que je ne rapporte pas d'argent à la maison... »

– Qu'est-ce que tu vas faire ? demandai-je à Heather alors que maman revenait avec son sac et Gerry avec sa vieille serviette pourrie.

– Je l'ignore. J'en suis à dix semaines de grossesse et je n'ai pas encore pris de décision.

Maman me fit un petit signe de la main et Gerry m'adressa le sourire contrit du mec qui a tout tenté : « *Tu vois, Patsy, elle refuse que je travaille.* »

– Tu comptes avorter ? repris-je après leur départ.
– Oui, non. Je ne sais pas. Bon, il faut que j'y aille maintenant. A propos, tout ce que je t'ai raconté sur Kelly Ford doit rester entre nous. C'est confidentiel.
– Bien sûr.
– A bientôt, Patsy.

Elle raccrocha.

Un paquet de lettres venait de tomber sur le sol. Je me

baissai pour les ramasser. La plupart étaient adressées à maman, des factures. Il y avait une enveloppe pour Gerry. Rien pour moi. Pas la moindre petite lettre d'Afrique. J'étais déçue.

Je me redressai lentement. Heather était enceinte. J'essayai de l'imaginer avec un gros ventre, puis poussant un landeau. Pas facile. Je déposai le courrier sur le guéridon et montai en courant dans ma chambre.

5

Raymond Ford

J'arrivai de bonne heure à l'agence. Je montai le courrier, branchai la bouilloire, les lumières et mon ordinateur. Dans cet ordre. Je me préparai une tasse de thé et m'installai à ma place.

Ça faisait deux semaines que Billy était parti ; juste avant que Kelly Ford soit assassinée. Je souris amèrement. Billy avait craint que je ne m'embarque dans une affaire compliquée et que j'oublie de lui écrire. Apparemment, c'était le contraire qui s'était produit. Je ne bossais sur aucune enquête et c'était moi qui restais sans nouvelles. Il n'avait pas trouvé le temps de m'écrire un mot.

Je retirai mes lunettes pour les nettoyer. Combien de jours mettait une lettre pour venir d'Afrique ?

On frappa à la porte. Il n'était que neuf heures moins le quart. Les bureaux n'ouvraient jamais aussi tôt. Je remis mes lunettes, me dirigeai vers la porte et tournai la poignée.

Un garçon d'environ dix-huit ans se tenait sur le seuil. Il ouvrit la bouche pour parler puis se ravisa. Il fouilla

dans ses poches et tira un morceau de papier sur lequel il lut mon nom.
– Patsy Kelly ?
– Oui.
Le visage de ce type m'était vaguement familier.
– Je m'appelle James Ford. Ma sœur vous a écrit avant de...

Il laissa sa phrase en suspens tout en continuant à me fixer. Il se tenait légèrement voûté, l'air absent. C'était le frère de Kelly. Je l'avais vu aux funérailles soutenant sa mère.
– Entrez, dis-je en m'effaçant.
– J'espère que je ne vous dérange pas. Je ne savais pas si l'agence était ouverte. Je n'ai pas de rendez-vous.

Il penchait légèrement la tête sur le côté. J'avais envie de le secouer pour qu'il se tienne droit.
– Asseyez-vous. Je peux vous offrir un café, un thé ?
– Non, merci. Continuez ce que vous étiez en train de faire. Je ne veux pas vous retarder.

Il s'installa au bord de la chaise, les mains croisées.
Je versai l'eau bouillante dans la théière et ouvris un paquet de biscuits. Je me sentais à la fois perplexe et intriguée par sa présence.
– Que puis-je faire pour vous, James ?
– C'est au sujet de ma sœur.

Marrant, je m'en doutais.
– Je vous ai aperçue à l'église et la femme qui s'occupe de l'enquête m'a raconté que vous aviez reçu une lettre de Kelly avant...

Il ne termina pas sa phrase.
– Avant qu'elle soit tuée, dis-je avec douceur. James, je n'ai pas de mots pour vous exprimer ce que je ressens. J'ai essayé de la rappeler. Sans succès. Puis j'ai appris qu'elle était morte.

Je refusai d'en dire plus, de tenter de me justifier ou de me chercher des excuses.

– Je sais, l'inspectrice m'a expliqué. N'empêche que le temps passe. Personne n'a été arrêté. Maman est dans un sale état. Elle ne dort plus. Elle boit beaucoup.

– Elle vient de perdre sa fille. C'est compréhensible.

– Oui.

Il poussa un soupir. J'attendais qu'il continue. Je me demandais où il voulait en venir. Silence.

– James, qu'attendez-vous de moi ?

– La police n'avance pas. Ils n'ont rien trouvé. Alors je me suis dit : pourquoi pas elle, la détective privée ?

– Vous espérez quoi au juste ?

– Je suis certain que Kelly aurait été d'accord. Elle vous connaissait par le journal. C'est à vous qu'elle s'est adressée. Kelly. C'est le même nom qu'elle...

C'était vrai. Je n'avais pas percuté. Nous étions homonymes.

James plongea soudain la main dans la poche de sa veste et en extirpa une K7 audio qu'il me tendit en la tenant soigneusement par un des coins.

– C'est Kelly, souffla-t-il.

Je regardai la bande puis James. C'était quoi cette embrouille ?

– Ce n'est pas très long. Si vous pouviez l'écouter.

J'hésitai un instant puis tirai mon magnéto du tiroir. Je mis la K7 dans le lecteur et pressai le bouton *Play*. James ne quittait pas la petite machine des yeux. Il souriait d'une façon qui me mit mal à l'aise.

« *Je m'appelle Kelly Ford... Nous sommes le vingt-trois avril. Je veux laisser ce témoignage au cas où il m'arriverait quelque chose.*

Sa voix tremblait. C'était celle d'une adolescente de seize ans morte de trouille.

« *J'ai un problème. Mon ex-petit ami est en prison mais il me menace parce que je sors avec quelqu'un d'autre. C'est une histoire compliquée. Il m'arrive de drôles de trucs ces derniers temps et je commence à avoir peur.*

« *Ce n'est pas ma faute si Vince s'est retrouvé en taule. Tout allait bien jusqu'à ce qu'il frappe ce type dans la bijouterie. Vince ne sait jamais s'arrêter. Il va toujours trop loin. Je sais qu'il avait demandé à un de ses copains de me surveiller. J'en suis sûre.* »

Il y eut un long silence pendant lequel j'essayai de croiser le regard de James.

– C'est pas fini, murmura-t-il, le doigt pointé sur le magnéto.

« *Il y a cette voiture rouge qui me suit. Le matin quand je vais à l'école. Le soir quand je rentre. Elle est toujours là. Elle ne me lâche pas. Je pense que Vince veut savoir ce que je fais. Je suis paniquée.*

« *Il y a aussi les coups de téléphone anonymes. C'est seulement quand je suis seule à la maison. Je décroche et j'entends quelqu'un respirer à l'autre bout de la ligne.*

« *J'aurais dû aller à la police mais j'ai peur. Peut-être que Vince essaie juste de me fiche les jetons. Que ça lui suffit. J'ai assez d'ennuis comme ça. Si je porte plainte, ce sera pire. Il aura de bonnes raisons de vouloir me faire du mal pour de vrai*

« *Tout ce que je demande, c'est d'oublier Vince. Qu'il sorte de ma vie. Il ne sera pas content quand il apprendra la vérité. Pas content du tout.* »

– Ça s'arrête là, dit James.
– Quand avez-vous trouvé cette K7 ?
– Il y a deux jours, dans la chambre de Kelly. Je voulais aller au commissariat mais j'ai changé d'avis. Ils ne m'auraient pas pris au sérieux.
– Je ne vois pas ce que je peux faire.

– J'ai toujours été proche de ma sœur. Je me suis toujours senti responsable d'elle. Depuis qu'elle est toute petite. Quand Mackenzie, le type que Vince a cogné, est mort, elle a commencé à voir Vince d'un autre œil.

Je hochai la tête pour l'encourager à continuer.

– Elle était terrorisée. Il venait de *tuer* quelqu'un. Maman et moi, on n'a jamais aimé Vince. On pense que c'est lui qui a assassiné Kelly.

– Mais Vince était en prison au moment du meurtre.

– Je sais. Mais il a dû demander à un de ses copains de faire le boulot.

– Vous pensez à quelqu'un en particulier ?

– Liam Casey. C'est son meilleur ami. Je l'ai vu rôder autour de la maison et de l'école plusieurs fois.

– Vous en avez parlé à la police ?

– Non. Kelly n'aurait pas voulu. Elle disait que le mieux était de l'ignorer.

– Vous savez où il habite ?

– Non. Il a quitté le quartier après l'arrestation de Vince.

James croisa les bras sur sa poitrine et s'appuya au dossier de sa chaise. Je terminai mon thé en essayant de rassembler mes idées.

– Kelly était terrifiée, résumai-je. Mais elle refusait de porter plainte. Elle a enregistré cette K7 avant de s'enfuir de chez elle pour aller se cacher quelque part.

– Je suis rentré un jour et elle était partie. Elle ne m'en avait même pas parlé avant. C'était comme si elle se méfiait de tout le monde.

James se mordit les lèvres et baissa les yeux.

– Vous connaissiez son nouveau petit ami ?

Il haussa les épaules avec agacement.

– Je ne me suis jamais occupé de ces histoires. Ça changeait souvent. J'ai toujours été là quand ça n'allait pas. J'étais plus qu'un frère pour elle.

Il fit une pause. Je repensai à la fille rousse qui avait fait sensation à l'enterrement de Kelly.

— Et Carly Dickens, vous croyez que Kelly lui faisait des confidences ?

— Elle se méfiait de Carly. Carly sortait avec Liam. Il l'avait plaquée mais elle lui courait toujours après. Elle aurait fait n'importe quoi pour lui. Je suis certain que Kelly ne lui a rien dit. J'étais la seule personne à qui elle pouvait parler. Je ne l'ai plus jamais revue après son départ.

Il semblait secoué. Je lui laissai le temps de se ressaisir.

— Je suis désolée, James, repris-je, mais je ne peux rien pour vous. C'est trop gros pour moi. Vous devez aller à la police.

— Ils s'emmêlent les pinceaux. Ils pensent que c'est un suicide, mais moi je sais qu'ils se trompent...

Il avait prononcé ces derniers mots d'une voix ferme. Il releva la tête. Il avait l'air d'un gamin. J'étais d'accord avec lui. Je ne croyais pas à la thèse du suicide.

— Je suis en bons termes avec l'inspecteur Warren, commençai-je. Je me charge de lui faire écouter la K7. Elle comprendra vos réticences. C'est une fille sérieuse sur laquelle on peut compter.

Tony arriva alors que nous prenions congé. Il portait un tas de bouquins et de dossiers.

— Je ne suis pas très en forme, lança-t-il avant de remarquer James Ford.

Je le lui présentai.

— C'est le frère de Kelly Ford. Tu te souviens, la fille à la lettre ?

— Evidemment, rétorqua-t-il. Sale histoire. Nous avons été bouleversés en apprenant sa mort...

— Il faut que j'y aille, marmonna James.

Son visage n'exprimait aucun sentiment.

Tony se racla bruyamment la gorge et se réfugia dans son bureau.

— Vous allez parler à votre amie ? dit-il en se dirigeant vers la porte, le dos de nouveau voûté.

— Bien sûr, James.

Il hocha la tête. Nos regards se croisèrent une fraction de seconde avant qu'il ne ferme la porte. Je revins à mon bureau et rangeai le magnéto. Je me demandai pourquoi je me sentais si soulagée qu'il soit parti. Voilà un garçon qui voulait connaître la vérité sur la mort de sa sœur. J'aurais dû éprouver de la sympathie pour lui.

Le problème, c'est que je ne ressentais rien.

6

De vieux amis

Je prévins Tony que je sortais faire une course. Je mis la K7 dans une enveloppe et filai au commissariat. Il fallait que je voie Heather le plus vite possible. Je me sentais presque coupable de posséder cet enregistrement. J'avais peur qu'on ne m'accuse de vouloir fourrer mon nez dans une affaire sur laquelle je n'étais pas censée travailler.

Je tombai sur un embouteillage dans High Road. Nous roulions au pas, pare-chocs contre pare-chocs. Puis plus rien. Je restai assise à mon volant comme tout le monde pendant cinq bonnes minutes avant de couper le moteur et d'ouvrir la portière pour essayer de voir ce qui se passait. Il y avait une file d'autos, de bus, de camions à perte de vue. Même les piétons s'étaient arrêtés sur le trottoir et regardaient dans la direction du bouchon. Impossible de faire demi-tour. Je n'avais plus qu'à prendre mon mal en patience.

C'est alors que j'aperçus Joey Hooper qui remontait tranquillement la rue. Il était seul, son portable vissé à l'oreille. Il portait un pantalon kaki, une veste en jean et un sac à dos.

— Joey ! criai-je.

Aucun résultat. Il ne m'avait pas entendue.

Joey Hooper était un jeune Noir que j'avais rencontré lors d'une enquête précédente. Il avait écopé de six mois de prison pour agression à main armée. Les gens, à l'époque, avaient trouvé la sentence trop indulgente. Je n'étais pas de leur avis. Il avait des circonstances atténuantes. Son frère avait été battu à mort par une bande de racistes. J'aimais bien Joey.

— JOEY ! hurlai-je.

Il s'arrêta et tourna la tête dans ma direction. Il n'avait que dix-huit ans mais paraissait plus âgé. Son regard erra un moment parmi les voitures puis son visage s'éclaira lorsqu'il me vit. Je lui fis de grands gestes de la main. Il congédia son interlocuteur et rangea le téléphone dans sa poche.

— Patsy, t'as l'air en pleine forme !

— Joey ! Je suis contente de te revoir. Je ne savais pas que... J'ignorais...

— Que j'étais sorti de prison. Vas-y, dis-le, Patsy. Je ne vais pas te tomber dessus.

Je haussai les épaules, me sentant stupide.

— Tu veux que je te dépose ? demandai-je.

Joey Hooper jeta un coup d'œil sur la circulation et éclata de rire.

— J'ai peur qu'on n'aille pas très loin. Mais on peut toujours s'asseoir, non ?

Je souris et nous nous installâmes dans la Golf. Joey se débarrassa de son sac à dos qu'il posa à ses pieds. Je le regardai à la dérobée. Quand je l'avais connu, il portait les cheveux coupés ras avec un H sculpté sur le côté. Ça lui donnait un air plus dur. A l'époque, il ne sortait jamais sans son cran d'arrêt.

— Tu as changé de coiffure ?
— Le choix est plutôt réduit en taule.

Décidément, je n'en ratais pas une.

— Super classe la caisse ! s'exclama-t-il en passant la main sur le tableau de bord.
— C'est Billy qui l'a retapée, répondis-je avec fierté.
— Qu'est-ce qu'il devient ?

Joey se pencha sur son sac et en tira une canette de Coca. Il m'en proposa une gorgée mais je refusai de la tête.

— Il est parti en Afrique. C'est une longue histoire...
— Explique, reprit-il en désignant la file de voitures devant nous. On a tout le temps.

Je racontai en détail le nouveau boulot de Billy. Joey me posa un tas de questions. Comment avait-il trouvé ce job ? Qu'est-ce qui l'avait poussé à se lancer dans l'humanitaire ? etc. Joey savait écouter. Il s'intéressait sincèrement aux gens. Je me retrouvai à lui en dire plus que je ne l'aurais voulu. Ce que j'avais ressenti quand Billy m'avait fait part de sa décision, les raisons pour lesquelles je ne l'avais pas accompagné là-bas. Je commençais à avoir la gorge serrée. J'essayai de me reprendre. J'étais coincée au milieu d'un embouteillage avec quelqu'un que je n'avais pas revu depuis longtemps. Ce n'était ni le moment ni l'endroit pour éclater en sanglots.

— A ton tour maintenant, dis-je en me redressant sur mon siège pour voir si la circulation ne se débloquait pas en aval. Comment tu te portes ?

Il haussa les épaules.

– Parle-moi de la prison. Allez, raconte. Je ne vais pas te tomber dessus.

Il sourit en hochant la tête.

– La prison, c'est comme dans les films. Tu baisses la tête et tu te tiens à carreau. Tu vois ce que je veux dire ?

Je hochai la tête. Sauf que je ne voyais pas vraiment.

– Tu sais, Patsy, reprit-il, la prison c'était rien à côté de la mort de Paul. Mes parents ont passé de sales moments, tu peux me croire !

Je restai songeuse. Perdre un fils ou un frère, quel vide énorme dans une famille ! La vision de la mère de Kelly Ford soutenue par James à l'église me traversa fugitivement l'esprit.

Je me penchai vers Joey et posai la main sur son avant-bras.

– Joey, Billy et moi, nous avons été très affectés par le décès de Paul. Ce n'était pas juste...

– Non. Il ne méritait pas ça.

Un coup de Klaxon derrière nous me fit sursauter. Je tournai la clé de contact et avançai.

– Tu bosses ? demandai-je timidement.

– Non. Je rentre à l'université en septembre. J'ai réussi mon examen en taule. Ça devrait aller tout seul.

Nous ne roulions que sur une file. Il y avait des travaux. A ce train-là, je ne serais pas au poste avant Noël.

Nous demeurâmes silencieux quelques minutes puis Joey prit l'enveloppe que j'avais laissée dans le vide-poche.

– Toujours détective ? dit-il en découvrant le nom et l'adresse du destinataire.

– Oui, répondis-je. Mais je ne m'occupe pas de cette affaire. Pas directement en tout cas. Tu sais, il s'agit de cette adolescente qui est tombée de la tour à Huxley Point. Tu as dû voir ça dans le journal.

– Kelly Ford.
– Oui.

Je n'étais pas étonnée qu'il soit au courant. Ce n'est pas le genre de choses qui arrivent tous les jours. La presse et la télé avaient sauté sur l'occasion.

– Je passe au commissariat déposer ce document et je te raccompagne après, poursuivis-je. J'en ai pour une minute.

– J'étais en prison avec son copain, lâcha Joey.
– Vincent Black ? Vous étiez potes ?
– Pas vraiment, mais il m'avait à la bonne.
– Non ?
– C'est un dur. Le genre de type qui cherche des crosses à tout le monde. J'étais au parloir le jour où il s'est jeté sur sa nana.
– Sans blague ?

C'est curieux comme cette histoire semblait me poursuivre. Chaque fois que j'étais sur le point de l'oublier, elle revenait sur le devant de la scène. Que je le veuille ou non, je m'y retrouvais impliquée.

– J'étais assis deux chaises plus loin avec mes parents. Il s'est levé d'un bond et l'a attrapée à la gorge. Les gardiens se sont précipités. Ils ont dû le traîner dehors, il hurlait comme un putois.

– D'après ce que je sais, il l'avait menacée.
– Puis elle s'est jetée dans le vide. Du beau travail. En attendant, Vince a un alibi en béton. C'est le moins qu'on puisse dire !

– Tu as entendu parler d'un certain Liam Casey ?
– Liam Casey ? C'était son meilleur copain. Il n'arrêtait pas d'en parler.

Nous passions maintenant devant une équipe d'ouvriers en train de défoncer la chaussée au marteau-piqueur.

J'avais l'impression qu'il étaient dans la voiture. Joey éleva la voix :

– D'après Vince, Liam aurait fait n'importe quoi pour lui. Quand ils avaient dix ans, Vince lui a demandé de se couper le petit doigt et l'autre a obéi ! Il a passé deux jours à l'hosto. Vince était plié de rire quand il nous racontait ça.

– C'est dingue !

– Ce mec est malade. Il a pas un gramme de cervelle.

– Vous parliez souvent ensemble ?

– Parler ? Tu veux dire comme maintenant, entre nous ? Joey secoua la tête.

– On ne parle pas en prison. Je lui faisais signe quand on se croisait ; on se retrouvait aux cours ; on a dû jouer aux cartes une demi-douzaine de fois. C'est tout.

Nous arrivions en vue du poste. Je mis mon clignotant. J'allais lui demander des nouvelles de sa famille quand il m'attrapa le bras.

– Dépose-moi là, si ça te dérange pas. J'aime pas trop traîner dans ce coin.

– D'accord.

Je restai en double file. Le type derrière commença à klaxonner. Joey fouilla dans son sac et en sortit un carnet et un stylo.

– Tiens, dit-il en me tendant la feuille sur laquelle il venait de griffonner. C'est mon numéro de portable.

– Merci.

– Appelle-moi. On pourrait se faire un ciné ou prendre un pot.

– Promis.

– C'était sympa de te revoir, ajouta-t-il en me pressant l'épaule.

Je le regardai s'éloigner, la tête penchée en arrière pour

finir son Coca. Il me paraissait plus grand autrefois, plus sûr de lui. Mais c'était avant la mort de son frère.

Le hall d'entrée était plein à craquer. Je me retrouvai derrière deux filles qui venaient se plaindre de l'enlèvement « illégal » de leurs véhicules. Un jeune garçon arpentait nerveusement la petite pièce en jetant des regards menaçants à quiconque osait se mettre en travers de son chemin.

– Je viens voir l'inspecteur Warren, annonçai-je au sergent de permanence quand ce fut mon tour.

– A quel sujet ? demanda-t-il sans lever les yeux de son registre.

– Je dois lui remettre un document important. Prévenez-la que je suis ici. Patsy Kelly. Je suis certaine qu'elle acceptera de me recevoir.

J'avais du mal à rester calme. Le bonhomme continuait tranquillement à écrire sans me prêter la moindre attention.

– L'inspecteur Warren est absente aujourd'hui, finit-il par répondre.

Juste à ce moment là, j'aperçus Des Murray qui s'engageait dans l'escalier.

– Des ! m'exclamai-je.

Il se tourna vers moi, le visage impassible.

Des Murray ne m'aimait pas beaucoup. Il me considérait comme une bête nuisible, un parasite dont il fallait se méfier comme de la peste. Il se montrait tout juste poli en présence de Heather. Et encore...

– Des, poursuivis-je alors qu'il se plantait devant moi, vous savez où je peux trouver Heather ? C'est à propos de l'enquête sur Kelly Ford...

Il leva la main pour m'empêcher de continuer. On aurait dit un agent réglant la circulation à un carrefour.

– Ecoutez, mademoiselle Kelly, je vous conseille de vous

occuper de vos oignons. L'inspecteur Warren ne veut pas que vous fourriez votre nez dans cette affaire. Si j'étais vous, c'est ce que je ferais.

Il baissa le bras, persuadé que je n'allais pas lâcher le morceau si facilement.

— Soyez gentille, ajouta-t-il, laissez travailler les professionnels.

J'aurais voulu lui balancer un truc cinglant, histoire de le remettre à sa place. Mais rien ne vint. Je restai immobile comme une statue tandis que Des et le sergent derrière le comptoir échangeaient un regard entendu.

J'étais folle de rage.

Je lui fourrai l'enveloppe contenant l'enregistrement de Kelly Ford dans les mains, tournai les talons en essayant de paraître le plus digne possible et quittai les lieux.

7

Les vidéos

Le lendemain matin, alors que je partais au travail, le téléphone sonna. Je revins sur mes pas et décrochai.

— Patsy ? C'est moi, Heather.

— Je comptais justement venir te voir...

— Je suis au London Hospital, intervint-elle. Tu peux passer immédiatement ?

— Ça ne va pas ? Tu as eu un accident ?

— Une fausse couche. Je ne veux pas que ça se sache au boulot. Surtout ne dis rien à Tony. Tu peux passer ? Je suis dans le service Sunflower.

— J'arrive. Donne-moi vingt minutes.

Je m'arrêtai acheter des fleurs, une bouteille d'eau de source et une belle grappe de raisin. En arrivant à la maternité, je me renseignai auprès d'une infirmière qui me dirigea vers une petite chambre à quatre lits. C'était calme et douillet. Dans la pièce contiguë, une radio distillait de la musique à faible volume. Heather était couchée près de la fenêtre. Elle était sur le dos et fixait le plafond. Elle tourna la tête lorsque je m'approchai. Elle m'adressa un pâle sourire reconnaissant. Son visage était blême ; elle avait les yeux rouges de quelqu'un qui a beaucoup pleuré.

– Comment ça va ? demandai-je en posant le bouquet sur la table de nuit.

Elle ferma doucement les paupières comme pour dire : « *Ne t'inquiète pas. Le pire est passé.* » Puis elle éclata en sanglots.

– Oh ! Heather ! m'écriai-je, embarrassée.

Je ne l'avais jamais vue dans un état pareil.

– Je suis désolée, murmura-t-elle en reniflant. Tu n'en as parlé à personne, n'est-ce pas ?

– Non, répondis-je.

Je tirai une chaise et m'installai à son chevet.

– Je ne veux pas que ça se sache.

Je ne comprenais pas très bien pourquoi mais j'acquiesçai. Après tout, ce n'était qu'une fausse couche. Pourquoi tenir ça secret ?

– Je t'ai apporté de l'eau, dis-je pour rompre le silence.

– Et du raisin, ajouta-t-elle en montrant le sac en papier que j'avais gardé à la main.

Elle prit la grappe mais, avant qu'elle ne porte un grain à sa bouche, son menton se mit à trembler et deux grosses larmes roulèrent le long de ses joues.

– Heather, repris-je en lui pressant doucement la main, c'est peut-être mieux comme ça.

Elle hocha la tête.

– Je sais. Je m'imaginais mal avec un enfant. Je te l'avais dit. J'aurais fait comment avec la vie que je mène, mon métier ?

Dans la chambre d'à côté, un bébé se mit à pleurer.

– J'avais même envisagé une I.V.G.

– Ta décision n'était pas encore prise ?

– La nature a choisi pour moi, souffla-t-elle tristement.

Elle se pencha vers la table de nuit, attrapa son mouchoir et s'essuya les yeux.

– Il y a deux jours, continua-t-elle, je suis allée chez Boots acheter de la crème. Je me suis retrouvée par hasard au rayon enfant. Je suis restée plus d'une heure à regarder tous ces petits habits. C'est tellement mignon. Qu'est-ce qu'il y a de si terrible à être enceinte ?

Je ne répondis rien. Heather me serrait convulsivement la main. Le bébé continuait à brailler. J'aurais donné n'importe quoi pour qu'il se taise.

– Je pouvais aménager mon temps de travail, prendre une nourrice. Beaucoup de femmes font ça. Ma carrière n'était pas fichue pour autant.

– N'y pense plus, dis-je.

– Hier soir, tout a basculé. J'étais à la maison. J'ai commencé à avoir mal au ventre. J'ai compris que tout était fini. Jamais je n'aurais cet enfant.

– Je suis sincèrement désolée.

Le silence régnait à nouveau dans le service. Même le nourrisson avait cessé ses pleurs. Heather tourna la tête et enfouit son visage dans l'oreiller.

Après avoir recouvré son calme, Heather appela le commissariat. Elle expliqua au sergent de permanence qu'elle avait dû s'absenter pour plusieurs jours. Une affaire délicate à régler avec sa famille, en province. Elle avait la voix ferme, en parfait contraste avec son état quelques minutes plus tôt. Dès qu'elle eut raccroché, elle replongea dans la déprime.

– Je ne sais pas pourquoi je te raconte tout ça, soupira-t-elle.

C'était facile à deviner. Heather était une solitaire. Elle passait son temps à travailler. Elle avait peu d'amis. A qui aurait-elle pu se confier ? Elle était prisonnière de sa passion pour son métier.

Elle se rappela subitement qu'elle avait conservé d'importantes pièces du dossier Kelly Ford chez elle. Des rapports divers et deux enregistrements vidéo. Elle fouilla dans son sac et me donna les clés de son appartement. Je devais les ramener à Des Murray. Ce n'était pas une mission qui m'enchantait mais je n'avais pas le choix.

Elle se laissa retomber sur l'oreiller et ferma les yeux. Je la laissai se reposer. Elle hocha imperceptiblement la tête lorsque je lui dis au revoir. Je quittai la chambre. Je ne savais pas combien de temps j'étais restée à son chevet.

J'arrivai en moins de deux chez Heather. Je me garai sans problème. Je fus surprise de trouver l'endroit parfaitement rangé. Une tasse de café à moitié pleine était posée sur le plan de travail. Sur la table de la cuisine, un sac de chez Boots était resté ouvert. Je jetai un coup d'œil à l'intérieur. Heather avait acheté une petite brassière.

Je me sentais triste. Heather avait décidé de garder l'enfant juste avant de le perdre. Drôle d'expression, « perdre son enfant », comme si on l'avait égaré quelque part et qu'on le retrouverait un jour.

Je passai dans le salon et pris sur le bureau la boîte en

carton contenant les documents qu'elle m'avait demandé de porter à Des Murray. Les deux vidéos étaient dans le tiroir du haut. J'allais les mettre avec le reste quand je remarquai les étiquettes : *Bagarre Black/Mackenzie octobre 1997*. L'autre indiquait : *Visite à la prison. Kelly Ford/ Vincent Black.*

Je demeurai un moment avec les enregistrements à la main, hésitante. Je mourais d'envie de les visionner. Curiosité déplacée, sans doute. N'empêche que je voulais découvrir le visage de toutes ces personnes dont je ne connaissais que les noms. Je voulais savoir ce qui s'était passé dans la bijouterie.

Pourquoi pas ? Après tout, qui le saurait ?

Je glissai la première K7 dans le magnétoscope et m'installai dans le fauteuil. Je fis défiler la bande jusqu'à la scène qui m'intéressait. Le champ de la caméra couvrait l'ensemble de la boutique. L'image était étonnamment nette.

Une femme derrière le comptoir faisait l'article à un groupe de trois clients, deux filles et un garçon. Dans l'angle opposé, un jeune homme d'une vingtaine d'années attendait son tour. Il consultait régulièrement sa montre. Il écoutait un walkman et battait la mesure avec sa tête. Ce devait être Dan Mackenzie. Je me concentrai à nouveau sur le trio. L'une des filles était rousse, sa copine était blonde, avec une queue-de-cheval. J'appuyai sur le bouton pause de la télécommande et m'attardai sur Kelly Ford. Elle était maigrichonne et plutôt petite. Elle portait un blouson de cuir (j'avais eu le même à une époque). Elle n'avait pas lésiné sur le rouge à lèvres. Je repassai en lecture. L'image s'anima à nouveau. Mackenzie dit quelque chose et la vendeuse s'approcha de lui, probablement pour le prier de patienter encore un peu.

Carly Dickens fixait maintenant le pauvre type. Elle

donna un coup de coude à Kelly qui se retourna à son tour. Mackenzie ne semblait même pas avoir remarqué les filles quand Vince Black tira brutalement Kelly en arrière. Elle éclata de rire. Dan Mackenzie leva les yeux et enleva ses écouteurs. La vendeuse demandait aux trois importuns de sortir. Vince semblait furieux. Il commença à insulter Mackenzie. Il se précipita vers lui et, sans prévenir, lui balança un coup de boule.

Je sursautai devant la violence de l'attaque.

Dan Mackenzie chancela puis s'effondra sur le sol. Vince Black s'acharnait sur sa victime à coups de pied. La vendeuse hurlait. Je regardai les deux filles restées à l'écart. Carly Dickens et Kelly Ford. Elles avaient une drôle de lueur dans les yeux. Un mélange de crainte et de respect, comme si elles étaient à la fois effrayées et impressionnées par le spectacle.

Une seconde plus tard, tout était terminé. Vince et ses deux complices quittèrent la bijouterie en courant. La vendeuse contourna le comptoir et se porta au secours de Dan Mackenzie toujours à terre. Un homme apparut à la porte de l'arrière-boutique et aida Dan à se relever. Il lui proposa de s'asseoir mais l'autre refusa.

Mackenzie sortit de la bijouterie.

Je pressai le bouton stop et attrapai la seconde K7. Les mots « *Propriété de la prison de Pentonville* » étaient écrits sur la tranche. Je l'insérai dans la fente. Une douzaine de tables autour desquelles étaient installés les détenus et leurs familles apparut sur l'écran. Quatre surveillants déambulaient entre les différents groupes.

Je frissonnai. Il n'y avait pas si longtemps Billy, mon petit ami, avait été accusé d'un meurtre qu'il n'avait pas commis. J'avais été lui rendre visite dans un endroit qui ressemblait beaucoup à celui-là. J'en étais ressortie bouleversée. Une désagréable odeur de légumes bouillis et de tabac froid m'avait collé à la peau plusieurs jours durant.

Vince Black faisait face à la caméra. Il parlait à une blonde que l'on ne voyait que de dos. Subitement, Vince se leva, bondit par-dessus la table et agrippa sauvagement la fille par les cheveux. En moins de cinq secondes, deux gardiens se précipitèrent sur Vince pour le maîtriser.

J'éjectai la K7 et la rangeai avec le reste.

Je tirai de la boîte en carton une chemise en plastique transparent. Elle contenait une demi-douzaine de photos. Toutes identiques. Elles devaient faire partie du lot destiné aux inspecteurs chargés de l'enquête de proximité. Je les imaginais allant de porte en porte avec le cliché et demandant à tout le voisinage s'ils n'avaient pas vu cette adolescente traîner dans les environs le premier mai dernier.

J'en pris une. Je n'avais jamais eu l'occasion de regarder attentivement cette fille qui m'avait appelée à son secours. Elle avait le visage émacié et de grands yeux bleus qui fixaient froidement l'objectif. Pas l'ombre d'un sourire. Elle portait des boucles d'oreilles aussi grandes que des anneaux de rideau.

Ça me faisait drôle de contempler l'image de cette fille que je n'avais jamais rencontrée en sachant qu'elle était morte. Je connaissais sa voix, je l'avais vue sur la vidéo et maintenant je scrutais ses traits. Je savais pas mal de choses sur elle. Je connaissais par cœur son emploi du temps au cours des derniers mois de sa vie. En vérité, j'avais l'impression qu'elle n'avait pris corps qu'en disparaissant. Vivante, elle serait restée une parfaite étrangère pour moi.

Je décidai de conserver l'exemplaire que je tenais à la main. Ne me demandez pas pourquoi. Je le mis dans mon sac et refermai la boîte. Je fis une dernière fois le tour de la pièce pour m'assurer que je n'oubliais rien.

Je m'étais promis de tout laisser au sergent de permanence et de ne pas m'attarder au commissariat. Manque de chance, je croisai Des Murray à l'entrée. Je lui expliquai ce que je venais faire et il m'invita à le suivre dans son bureau.

– Où est l'inspecteur Warren ? me demanda-t-il avec impatience.

– Elle s'est absentée pour régler des affaires de famille.

– Elle est déjà partie ?

– Elle rentre dans quelques jours. J'espère que ça ne va pas trop perturber la bonne marche du service, répliquai-je ironiquement.

– On fera face.

Il rangea le carton que je lui tendis sans y jeter un seul coup d'œil. Sur le tableau synoptique l'affaire Ford avait laissé la place à une grande carte du quartier. Les mots « Vandalisme : degré zéro de tolérance » avaient remplacé le nom de l'adolescente.

– Vous n'enquêtez plus sur le meurtre de Kelly Ford ? m'étonnai-je.

– Nous avons d'autres priorités, mademoiselle Kelly, répondit Des Murray en dépliant tranquillement son journal.

– Vous laissez tomber ?

– Je n'ai pas dit ça. Le dossier n'est pas fermé mais la vie continue. La criminalité dans l'East End ne s'est pas arrêtée à cause du meurtre ou du suicide d'une gamine de seize ans...

– Du suicide ? Je croyais que vous aviez abandonné cette thèse.

– Nous sommes ouverts à tout. Vous savez, rien n'est jamais ou tout blanc ou tout noir, mademoiselle Kelly.

Maintenant, si ça ne vous ennuie pas, j'ai du boulot. Nous devons faire tourner la maison jusqu'au retour de l'inspecteur Warren.

Il me raccompagna jusqu'à la réception puis tourna les talons. Le sergent de permanence me jeta un regard agacé et je quittai les lieux.

8

Carly Dickens

En rentrant à la maison, je montai directement dans ma chambre. Je restai un long moment devant le miroir. Je n'étais pas belle à voir. J'avais le teint jaune, les cheveux en bataille et les verres de mes lunettes étaient crades. Je ne me souvenais plus quand je les avais nettoyés à fond pour la dernière fois.

Mes fringues n'étaient pas mieux. Je traînais la même paire de jeans depuis des jours. J'avais négligé de repasser mon T-shirt.

Je devais avoir l'air d'une clocharde au commissariat. Pas étonnant qu'ils ne m'aient pas prise au sérieux. Je m'assis sur mon lit et m'enveloppai dans ma couette. Il fallait que je me ressaisisse. Depuis le départ de Billy, je me laissais complètement aller.

Sortir. C'était peut-être la solution. J'avais le numéro de téléphone de Joey dans ma poche. C'était un copain, je pouvais l'appeler. Ça m'obligerait à m'arranger, à me doucher. Et encore...

J'attrapai mon sac et en tirai la photo de Kelly Ford. Cette fille m'avait demandé de l'aide. Elle avait peur pour sa vie. J'avais négligé de répondre à son appel. Quelqu'un l'avait tuée. Je me sentais terriblement coupable. Je n'arrivais pas à l'oublier.

Pourtant, j'avais tout fait pour. J'avais laissé les flics s'en occuper sans m'en mêler.

Mais cette histoire me poursuivait. James Ford était passé à l'agence. Joey Hooper avait connu Vincent Black. J'avais vu Dan Mackenzie se faire démolir. En réalité, je n'avais cessé de tourner autour du pot.

Que je le veuille ou non, j'étais impliquée dans ce meurtre. Depuis le début.

Voilà ce qui me déprimait. Cette enquête, c'était la mienne ! Je me sentais frustrée, mal dans ma peau.

J'hésitai un quart de seconde. Ma décision était prise. Je ne pouvais plus faire semblant de vouloir rester à l'écart. Kelly Ford m'avait contactée ; j'étais allée à son enterrement. Je devais moi aussi essayer de coincer son assassin.

Ce fut comme une décharge électrique. Soudain, je me sentais gonflée à bloc. Je me levai d'un bond et dévalai l'escalier.

Il y avait neuf Dickens dans l'annuaire. Je n'avais pas le choix, il fallait les appeler tous. Bingo ! Le quatrième appel fut le bon.

– Carly est là ? demandai-je comme si j'étais l'une de ses amies.

– Non, elle est au travail, répondit une voix de femme.

– Je m'en doutais un peu, répondis-je avec assurance. Elle est où maintenant ?

– Au MacDonald's de Stratford. Elle finit à vingt-deux heures. Son chef n'aime pas trop qu'on l'appelle pendant le boulot.

– Compris. J'essaierai de la joindre plus tard. Merci.

Je raccrochai. Je croisai mon reflet dans le miroir de

l'entrée. Je souriai jusqu'aux oreilles. Ce n'était pas un mauvais début.

A vingt-deux heures tapantes, je me garai en face du MacDo. Il commençait à pleuvoir. Je laissai les essuie-glaces en marche et restai les yeux rivés sur l'entrée du fast-food. Je me sentais à l'abri dans l'habitacle calme et douillet. J'entendais dehors le chuintement des voitures qui filaient sur la chaussée mouillée.

Carly apparut sur le seuil quelques minutes plus tard. Elle ouvrit son parapluie et demeura immobile un instant. Elle portait un jean, un blouson et des bottes, mais avec sa tignasse rousse et sa silhouette élancée, elle ne manquait pas d'allure.

Je sortis de la voiture et courus vers elle.

– Excusez-moi, dis-je en remontant le col de ma veste pour me protéger de la pluie.

Pas de réaction. Elle se contenta de me dévisager en ouvrant de grands yeux.

– Je m'appelle Patsy Kelly. J'ai reçu une lettre de Kelly Ford peu de jours avant sa mort. J'aimerais que vous me parliez d'elle.

Elle haussa les épaules.

– Je voudrais vous poser deux ou trois questions, poursuivis-je.

– Pourquoi vous n'allez pas voir sa mère ?

– Vous étiez sa meilleure amie. Vous la connaissiez mieux que personne, répliquai-je en croisant les doigts pour qu'elle ne m'envoie pas paître.

– Je rentre chez moi.

– Je peux vous déposer, dis-je en montrant la Golf de l'autre côté de la rue. Juste quelques mots.

Elle regarda la voiture puis la pluie qui redoublait. Je

ne voyais presque plus rien à travers mes lunettes et je commençais à être trempée comme une soupe.

– Ouais, pourquoi pas, répondit-elle. Au moins, on sera à l'abri.

– Vous habitez dans quel coin ? repris-je en m'installant au volant.

– A Forest Gate, près de Wansteads. D'habitude, je prends le train.

– Je connais le chemin, dis-je en me glissant dans le flot de la circulation.

– Je savais que Kelly avait essayé de joindre quelqu'un. Mais je savais pas qu'elle avait une telle trouille.

– Vous ne l'aviez pas revue depuis longtemps ? demandai-je en clignant des yeux à cause des phares des voitures qui venaient en sens inverse.

– La dernière fois, c'était après sa visite à la prison. Vince, mon cousin, l'avait agressée. Elle refusait de me parler. Même au téléphone. Elle avait décidé de couper les ponts. J'ai l'impression qu'elle sortait avec un autre type.

– Elle avait peur de Vince depuis la mort de Dan Mackenzie.

– N'importe quoi. Kelly était tout le temps après lui. C'est quand il a été arrêté qu'elle l'a lâché !

Je ne répondis rien. Il pleuvait des cordes et je me concentrais sur la route. Carly continuait de parler.

– Kelly est restée avec Vince tant qu'il n'y a pas eu de problème. Quand ça s'est gâté, elle l'a plaqué. Elle était comme ça. Elle s'emballait pour un truc puis elle laissait tomber. Je suis peut-être un peu dure mais c'est la vérité. Pourquoi vous me posez toutes ces questions ? C'est le boulot de la police, non ?

– James Kelly est venu me voir, répliquai-je. Il m'a apporté un enregistrement que Kelly avait fait au cas où il lui arriverait quelque chose. Elle se plaignait d'être persécutée par Vince. James a mentionné le nom de Liam Casey. D'après lui, c'était le meilleur copain de Vince.

— C'est ridicule. Bien sûr que Vince en voulait à Kelly. Peut-être même qu'il l'a menacée. Elle l'avait trahi, après tout. Mais ça ne veut rien dire !

— Et Liam Casey ? Vous continuez à le voir ? Vous étiez très proches à une époque.

J'essayai de ramener la conversation sur Liam.

— On a rompu il y a plusieurs mois.

Elle s'enfonça dans son siège et n'ouvrit plus la bouche. Nous approchions de Forest Gate. Je commençais à paniquer. Nous serions chez elle dans une minute et je n'avais pas terminé mon interrogatoire. Je ralentis l'allure.

— Attendez ! s'exclama-t-elle soudain. C'est James Ford qui vous a mis tout ça dans la tête ? C'est lui qui vous envoie ? Il veut que je charge Liam, c'est ça ?

— Non, il veut connaître la vérité.

— S'il y a quelqu'un qui pourrait vous parler de Kelly, c'est bien ce dégonflé de James. Il avait, comment on dit déjà, un *truc* pour sa sœur.

— Je ne comprends pas.

— Une sorte de... Je trouve pas le mot. Il faisait une *fixation*. C'est ça. Ils se quittaient jamais quand ils étaient mômes. Jusqu'à ce que Kelly commence à sortir avec des garçons. James l'acceptait mal. Il lui collait au train. Il ne supportait même pas qu'on soit amies. Il la voulait pour lui tout seul.

— Son propre frère ?

— Il était jaloux à mort. Ça déplaisait pas à Kelly, d'ailleurs. Vous imaginez, un grand frère qui veille sur sa petite sœur. Mais en général, ça se passait mal. Une fois, Vince s'est énervé. Il lui a conseillé de laisser tomber. Prenez à gauche après le pub puis la première à droite. Faites gaffe, il y a des travaux.

Je rétrogradai et mis mon clignotant.

– Mme Ford a été assez froide avec vous à l'église, remarquai-je.

– C'est pas important. Maureen a de gros problèmes avec la bouteille. Elle est complètement lunatique. Kelly commençait à en avoir marre de Maureen. En tout cas, je sais qu'elle m'en voulait d'avoir présenté Vince à Kelly.

Nous longions le bois. La route avait laissé place à un chemin boueux.

– Arrêtez-vous là. J'habite en haut de la rue.

Il n'y avait pas de trottoir et je me garai dans l'herbe.

– Vous pouvez me donner le numéro de téléphone de Liam ? Son adresse ? J'aimerais lui parler.

– Il a déménagé le mois dernier. Je sais pas où il est. Il m'appelle de temps en temps. Vous savez, c'est pas un ange ! s'exclama-t-elle en éclatant de rire. Je le connais, il aime bien les embrouilles mais c'est pas un assassin.

J'ouvris la bouche pour répliquer. Carly Dickens avait détaché sa ceinture et poussait déjà la portière.

– Merci pour la balade. Vous pouvez faire votre demi-tour ici, ajouta-t-elle.

– D'accord.

– Si vous voulez des renseignements sur la mort de Kelly, demandez donc à James, lança-t-elle en sortant. Il est pas aussi gentil qu'il en a l'air.

J'étais déconcertée. Je coupai le contact. Les essuie-glaces s'arrêtèrent. Je n'entendais plus que le bruit de la pluie qui tambourinait sur le toit.

Carly Dickens était au milieu de l'allée, elle avait ouvert son parapluie. Les seules lumières venaient des réverbères de l'autre côté des arbres. Je distinguai en haut de la rue les phares d'une voiture en stationnement. Le conducteur était toujours au volant.

Carly marchait à grandes enjambées. Je me souvins de son arrivée peu discrète à l'église puis de la façon dont elle était tombée dans les bras de la mère de Kelly. En larmes. Jouait-elle la comédie ? Aujourd'hui, elle ne m'était pas apparue très affectée par la mort de sa copine.

Je démarrai. Kelly continuait d'avancer, la tête enfoncée dans les épaules.

La voiture en face de moi redescendait maintenant l'allée. Le chauffeur avait éteint ses feux. Je lui fis un appel de phares. Rien. Carly était à une centaine de mètres. Je recommençai. Toujours pas de réponse.

Je me retournai et dévalai le chemin en marche arrière. Ce type était fichu de me rentrer dedans. Alors que j'atteignais l'angle de la rue, j'entendis un coup de frein strident suivi d'un choc violent. Je bondis hors de la Golf.

La voiture déboulait à toute vitesse. Des gens sortaient des maisons. Il s'en fallut d'un cheveu que le chauffard ne me roule dessus.

Tout s'était passé en quelques secondes. L'auto disparut dans la circulation avant que j'aie eu le temps de réagir.

C'est alors que j'entendis les cris dans mon dos. Un type d'une cinquantaine d'années se ruait vers moi.

– Vous avez noté le numéro ? me demanda-t-il, hors d'haleine.

– Quel numéro ?

– Le coupé rouge ! Ce cinglé a pris la fuite après avoir renversé la fille. Il roulait sans lumières.

– Elle est blessée ? m'écriai-je.

Sans attendre sa réponse, je remontai l'allée au pas de course. Au bout du chemin, un groupe était rassemblé autour d'une silhouette étendue sur le sol. Je me frayais un chemin.

Carly Dickens gisait sur le côté. Un voisin était penché sur elle et pressait son index sur la jugulaire. Un filet de sang s'écoulait de sa bouche.

– Je sens son pouls, annonça-t-il.
– Grâce au ciel ! murmura une femme près de moi.

Carly ressemblait à une poupée désarticulée. Je m'écartai pour ramasser son parapluie qui avait atterri dans le fossé. Je revins près du corps et restai immobile sous la pluie en attendant l'arrivée de l'ambulance.

9

Gravement blessée

Les secours furent rapidement sur place. Un homme et une femme en blouse blanche descendirent de l'ambulance. Le type pria les curieux de reculer pendant que sa collègue s'agenouillait auprès de Carly. Elle se pencha pour écouter sa respiration puis lui passa une minerve autour du cou.

Les gens posaient des questions sur l'état de la victime. *Est-ce que c'est grave ? Elle va s'en tirer ?* La femme continuait à s'affairer en silence. Ce n'est que lorsque le brancard disparut dans l'ambulance qu'elle daigna répondre un truc dans le genre : « *Il est trop tôt pour se prononcer. Nous allons faire le maximum pour la sauver.* » Son visage était resté de marbre.

J'errais sur les lieux du drame comme une âme en peine. Tout le monde paraissait bouleversé. Deux personnes pleuraient. Une dame d'un certain âge qui promenait son chien nous raconta ce qu'elle avait vu.

– Je tenais Tilly en laisse. Une auto est sortie de l'ombre. Elle roulait à toute vitesse. Les phares éteints.

La police recueillit les divers témoignages puis demanda à chacun de rentrer chez lui. Je n'étais pas mécontente de pouvoir partir. Je regagnai ma Golf.

J'étais sous le choc. Au carrefour, je pris la direction de Stratford. Puis je m'arrêtai. J'étais incapable de m'orienter. Je restai de longues minutes bêtement assise sur mon siège, essayant de recouvrer mes esprits.

Un coupé rouge. Il continuait à pleuvoir. J'actionnai les essuie-glaces. L'auto qui avait renversé Carly Dickens était rouge. Dans la K7 que James m'avait donnée, Kelly Ford avait mentionné une voiture de la même couleur.

S'agissait-il d'une simple coïncidence ? Tentative de meurtre ou délit de fuite ? Le conducteur aurait paniqué, abandonnant sa victime sur le bord du chemin.

Difficile de trancher. J'avais besoin de parler à quelqu'un. Il fallait que je fasse le point. J'imaginai Billy à mes côtés disant :

– *Ecoute, Patsy, il faisait noir ; le type ne s'est pas aperçu qu'il roulait sans feux. La fille marchait au milieu de l'allée. Il l'a vue au dernier moment. Il était trop tard pour l'éviter.*

Malheureusement, Billy n'était pas là. Le siège passager était vide. J'étais garée dans une rue inconnue. Sous la pluie. Jamais je ne m'étais sentie aussi seule.

De retour à la maison, j'avais un mal de crâne épouvantable. Je passai directement au salon dans l'espoir de tirer maman des bras de Gerry pour l'emmener bavarder dans la cuisine. Je n'avais pas pour habitude de discuter boulot avec elle. Elle s'inquiétait pour un rien. Mais elle ne manquait pas de bon sens et elle avait les idées claires. Et puis, je n'avais personne à qui parler.

Le living était bondé.

– Viens, Patsy, que je te présente.

Une demi-douzaine de visages souriants se tournèrent vers moi. Je remarquai que tous ces gens tenaient des verres à la main. Par terre, un tas de cadeaux. Au plafond, des ballons gonflés à l'hélium portant l'inscription : *Longue vie aux futurs mariés !* Maman semblait sur un nuage. Elle arborait l'expression béate de ceux qui ont un peu forcé sur la bouteille.

Elle m'avait pourtant prévenue qu'elle invitait ses collègues de bureau ce soir. Mais ça m'était complètement sorti de la tête.

– Salut, bredouillai-je.

– Un peu de champagne ? demanda une voix dans mon dos.

– Non, pas maintenant. Si ça ne vous fait rien, je...

Ils avaient tous l'air surpris par mon attitude. Je savais que j'aurais dû accepter de trinquer. J'aurais pu participer à la fête, mettre mes problèmes entre parenthèses pour quelques heures. Mais j'avais besoin de calme et de solitude.

– Je suis épuisée, murmurai-je. Il vaut mieux que j'aille me coucher.

Ça jeta un froid. Gerry s'approcha et me prit par l'épaule.

– Tu fais comme tu le sens, Patsy, dit-il en me serrant doucement contre lui. Repose-toi. Nous porterons un toast à ta santé.

Il y eut un moment d'hésitation puis les conversations reprirent. Je quittai la pièce et me dirigeai vers l'escalier quand maman me rattrapa.

– Quelque chose ne va pas ? demanda-t-elle, inquiète.

– Non, je suis simplement morte de fatigue.

Elle s'appuyait contre la rampe, le regard dans le vague. Son verre penchait dangereusement. Je l'embrassai sur la joue. Son retour au salon fut salué par un tonnerre d'applaudissements.

Je montai dans ma chambre, me déshabillai et me glissai dans mon lit.

Je restai longtemps dans le noir à les écouter s'amuser. Les plaisanteries fusaient. Ils mirent de la musique un peu plus tard. Ça beuglait comme dans un bastringue.

Je revoyais les policiers relever les traces de l'accident, prendre des notes, hocher la tête en essayant de reconstituer les faits. Dans la voiture de patrouille un agent dictait par radio les noms et adresses des témoins. J'avais eu un moment de panique. Comment réagirait Des Murray en découvrant que j'avais ramené Carly chez elle ?

A force de ressasser les mêmes pensées, je finis par m'endormir. Je me réveillai en sursaut. Il était deux heures vingt-trois.

La maison était silencieuse. La pluie battait aux carreaux. J'allumai ma lampe de chevet. Le fait d'avoir un peu dormi m'avait éclairci les idées. Je revins sur le début de soirée, quand j'étais passée chercher Carly Dickens au MacDonald's.

Je n'avais pas éprouvé une sympathie particulière pour elle. Je ne l'avais pas trouvée spécialement bouleversée par la mort de sa meilleure amie. De plus, elle avait eu des opinions trop tranchées. Elle n'aimait pas James, elle avait quitté Liam et, pour finir, elle s'était brouillée avec Kelly. Cerise sur le gâteau, elle avait pris la défense de Vincent qui était en prison pour meurtre.

J'attrapai mon sac au pied de mon lit et en tirai mon calepin. Il fallait que je mette noir sur blanc les pensées qui se bousculaient dans ma tête. Je commençai en inscrivant en haut de la page : « *Quelqu'un a poussé Kelly Ford dans le vide depuis le sommet de la tour de Huxley Point le premier mai dernier* ». Je marquai tout ce qui me revint en mémoire. La lettre que j'avais reçue, la visite de James Ford avec la K7, la conversation que nous avions eue avec Carly Dickens avant qu'elle ne soit renversée en rentrant chez elle. J'y ajoutai le récit du passage à tabac de Dan Mackenzie que j'avais visionné chez Heather et l'empoignade à la prison.

Je relus tout ce que je venais d'écrire. Il était trois heures quarante-huit. Ça faisait plus d'une heure que je noircissais du papier. Je me sentais mieux. L'ensemble de l'affaire tenait sur une douzaine de pages.

Deux filles : l'une morte, l'autre gravement blessée. Une voiture rouge dans les deux cas. Je tenais un bout de piste.

Je me calai contre mes oreillers. Je me dis que je devrais appeler Des Murray pour lui faire part de ma découverte. Mais il m'enverrait balader et me conseillerait de m'occuper de mes affaires. Mieux valait ne pas prendre ce risque pour l'instant.

Je repris depuis le début. Kelly Ford avait été poussée du haut d'une tour. Pourquoi à Huxley Point ? Est-ce que c'était un indice ? Est-ce que l'assassin vivait dans les parages ? Kelly et Vince avaient-ils l'habitude de se retrouver dans le coin ? Je savais d'expérience que les lieux, dans les enquêtes criminelles, avaient une importance capitale. Ils étaient forcément en rapport avec la victime ou son meurtrier.

Je marquai les mots *Pourquoi Huxley Point ?* en haut de la page. J'éteignis la lumière et m'endormis aussitôt.

Je me levai tôt le lendemain matin et pris une bonne douche. J'enfilai une jupe longue, un chemisier et un pull en laine. Me haussant sur la pointe des pieds, je cherchai un chapeau dans ma collection tout en haut de la penderie. Puis je renonçai. Je n'étais pas d'humeur. Un coup de rouge à lèvres et un peu de mascara suffiraient amplement.

Maman et Gerry étaient encore couchés. Je préparai mon petit déjeuner tout en relisant mes notes sur la table de la cuisine. J'en fis une pile et passai dans l'entrée en finissant mon toast. J'avais trois coups de fil à donner. Je laissai un message sur le répondeur de l'agence pour prévenir Tony que je serais en retard.

J'appelai ensuite le Whipps Cross Hospital. Je racontai que j'étais la cousine de Carly Dickens et que je venais aux nouvelles.

— Elle est dans un état sérieux mais stationnaire, répondit la voix. C'est tout ce que je peux vous dire pour l'instant.

Je n'avais pas besoin d'en savoir plus. Carly Dickens était toujours vivante. C'était l'essentiel.

Puis je téléphonai à Joey Hooper.

Je le retrouvai devant chez lui deux heures plus tard.
— Ça baigne, Patsy ? On va où ?
— Là où Kelly Ford est morte.
— La tour ? O.K. Sherlock, je suis ton homme.

« Sherlock Holmes », c'était le surnom que Billy m'avait donné quand j'avais été embauchée par Tony. Je ressentis un pincement au cœur. Ça faisait deux ans que je bossais comme détective et Billy m'avait souvent aidée dans mes enquêtes. C'était à la fois mon chauffeur, mon assistant et mon confident. Il savait comme personne me remettre sur le droit chemin quand je commençais à dérailler. Il avait la tête sur les épaules. Ses conseils m'avaient souvent empêchée de faire de grosses bêtises. Aujourd'hui Billy était à plusieurs milliers de kilomètres et Joey était installé à sa place. Est-ce que je lui avais déjà trouvé un remplaçant ?

Je frissonnai.

– J'ai dit quelque chose de mal ? s'inquiéta Joey.
– Non. J'ai eu une sale nuit. T'occupe pas.
Je mis mon clignotant et déboîtai pour me fondre dans la circulation.

10

Huxley Point

Tout le secteur était en réhabilitation. Il ne restait plus qu'une tour sur les quatre construites dans les années soixante-dix pour répondre à la crise du logement. De jolis appartements avec vue imprenable sur l'East End.

La dernière devait être rasée dans les prochains mois. Huxley Point ne serait bientôt plus qu'un nom.

Je tenais ces informations du journal local qui avait sous-titré son article sur Kelly Ford : *Morte dans l'East End moribond.*

L'immeuble s'élevait au milieu d'un paysage lunaire. La plupart des maisons étaient inoccupées, les boutiques étaient fermées. Des bandes de mômes traînaient dans les rues, même à cette heure où ils auraient dû être à l'école.

Je me garai et coupai le contact.

Autour du bâtiment s'étendait une pelouse miteuse de la taille d'un terrain de football, parsemée de carcasses de voitures. L'une d'elles avait été incendiée et portait sur le capot, bombés à la peinture blanche, les mots « DE LA PART DE WEST HAM ».

Je vérifiai au moins trois fois que j'avais bien verrouillé les portières et priai le ciel pour retrouver ma Golf à notre retour. Je me surpris à évaluer la distance qui séparait le sommet de la tour du sol où s'était écrasée Kelly Ford.

— Explique-moi ce qu'on est venu glander dans cette zone ? demanda Joey en enfonçant ses mains dans ses poches, les épaules légèrement voûtées.

Visiblement, il n'était pas très à l'aise de se retrouver dans l'East End. Il y avait passé une bonne partie de son adolescence avant que sa famille ne déménage pour fuir les agressions racistes. Ce n'était déjà pas évident pour moi de me promener dans ce coin mal famé. J'imaginais facilement ce qu'un Black dont le frère avait été tué par des néo-nazis pouvait ressentir. Je le pris par le bras et nous nous dirigeâmes vers l'entrée principale.

— Je veux prendre la température de l'endroit, répondis-je. D'après la police, la plupart des appartements sont vides. J'espère que nous aurons plus de chance avec les voisins que les flics. Beaucoup de gens préfèrent ne rien dire lors de l'enquête officielle pour éviter les ennuis.

— En gros, répliqua Joey en souriant jusqu'aux oreilles, tu penses que tu vas résoudre l'énigme en deux coups de sonnette !

— Exactement ! ripostai-je en riant.

L'Interphone était en panne depuis des siècles. Les portes étaient ouvertes et nous pénétrâmes dans un grand hall qui sentait bizarrement. Un mélange de bouffe et de crasse, ou plus précisément l'odeur caractéristique d'un immeuble à l'abandon. Les habitants avaient renoncé à entretenir les locaux. Tout allait en se dégradant.

L'ascenseur était au rez-de-chaussée. Il était dans un sale état mais paraissait toujours en service. De toute façon, c'était ça ou se taper les seize étages à pied.

— On pourrait monter jusqu'au dernier puis redescendre par l'escalier, proposa Joey.

— Il n'y a personne là-haut d'après Heather.

— Officiellement peut-être. Si l'eau et l'électricité n'ont pas été coupées, ça m'étonnerait pas qu'on tombe sur des squatters. N'importe qui d'un peu débrouillard peut s'y être aménagé une petite planque sympa.

Un point pour lui. Je savais, pour avoir fréquenté des sans-abri, qu'ils pouvaient s'installer dans les coins les plus inattendus. J'appuyai sur le bouton et la cabine s'ébranla lentement. Joey continuait à élaborer des plans.

– Seize étages. Quatre appartements par palier. Ça donne soixante-quatre locataires.

– La moitié si l'on tient compte de ceux qui sont déjà partis.

– Le mieux, c'est de faire du porte-à-porte. Quelqu'un aura peut-être retrouvé la mémoire.

– Qu'est-ce qu'on dit si on nous demande qui on est ? demandai-je.

– On est des copains de Kelly. C'est pas tout à fait faux, non ?

– D'accord.

L'ascenseur s'immobilisa. Fin du voyage. L'étage était plongé dans la pénombre. La minuterie ne fonctionnait plus. La seule lumière venait de la fenêtre au fond du couloir. Les bruits de la circulation parvenaient, assourdis. Tout était étrangement calme. J'avais l'impression de pénétrer dans une église. Les quatre portes étaient condamnées avec des panneaux en acier. Joey s'approcha de la première. Elle était cadenassée. Il n'eut pas plus de bol avec les trois autres.

Le plafond tombait en lambeaux, la peinture s'écaillait. C'était déprimant au possible. Couvert de graffitis.

– Regarde ! s'exclama-t-il en montrant du doigt une volée de marches dans un renfoncement du mur.

– Ça doit mener sur le toit.

Nous nous précipitâmes. Là aussi, une lourde plaque métallique. Un écriteau fraîchement posé indiquait que l'accès était STRICTEMENT INTERDIT. Comme dit le proverbe : « Mieux vaut tard que jamais. »

— Impossible de passer, dit Joey.
— Plus maintenant.

Un vieux matou gris surgit de sous une chaise délabrée abandonnée dans un coin. Il s'avança vers nous en roulant des mécaniques.

— Fais gaffe, prévint Joey, il a pas l'air commode.

Je me baissai pour l'observer. Son poil était brillant, ses yeux vifs.

— Il doit appartenir à un des locataires de l'immeuble. Je me demande ce qu'il fait là.
— En vadrouille...

Nous l'abandonnâmes à son sort et empruntâmes l'escalier de secours pour redescendre. Les cinq étages suivants étaient tous dans le même état de délabrement. Des emballages en plastique et des cartons jonchaient le sol.

Au onzième, nous trouvâmes deux portes non condamnées. Nous frappâmes. Personne ne répondit.

— Des squatters ?

Joey haussa les épaules. Nous continuâmes à descendre. Tous les appartements du sixième paraissaient occupés. Une femme en duffle-coat sortit sur le palier. Elle était jeune, les cheveux blonds coupés à la garçonne. Elle portait un anneau au sourcil droit.

— Excusez-nous, commençai-je.
— Si vous venez de la part du syndic, vous perdez votre temps, lança-t-elle en refermant sa porte.

Elle avait une serviette à la main. Elle devait se rendre à la fac.

— Ecoutez, repris-je alors qu'elle se dirigeait vers l'ascenseur, nous cherchons quelqu'un qui aurait aperçu la fille qui a été poussée du toit il y a deux semaines.

Je sortis une photo de Kelly.

– Vous êtes de la police ?
– Non.
– Rien à craindre, renchérit Joey. Nous sommes des amis de Kelly Ford. Nous voulons en savoir plus sur sa mort.

Il avait passé son bras autour de mon épaule et me pressait gentiment contre lui.

La fille nous regarda l'un après l'autre. Elle parut se détendre.

– Je n'ai assisté qu'à la fin. C'était affreux. J'étais bouleversée.

– Vous l'avez vue tomber ?

– Non, mais j'étais chez moi quand c'est arrivé. J'ai entendu les sirènes et j'ai couru à la fenêtre. Elle était étendue sur le sol. C'était horrible.

– Vous ne l'aviez jamais croisée dans l'immeuble auparavant ?

Elle secoua la tête.

– Vous savez, les voisins ici ne s'occupent que de leurs petites affaires. En plus, depuis qu'on sait que la tour va être démolie, les gens ne pensent qu'à se tirer. Dès qu'ils trouvent mieux, ils déménagent. Ça m'étonnerait que quelqu'un ait repéré votre amie. Personne ne se connaît dans cette baraque.

Elle appuya sur le bouton. J'entendis l'ascenseur s'ébranler.

– Merci pour votre aide, dis-je.

Les portes s'ouvrirent et elle s'engouffra dans la cabine.

– J'ai peur de ne pas vous avoir été d'un grand secours, reconnut-elle. Désolée.

Nous reprîmes l'escalier. Ça puait vraiment. Des sacs-poubelle traînaient sur les marches. Nous rencontrâmes deux autres locataires qui nous envoyèrent promener. Des gamins jouaient au rez-de-chaussée. Joey s'approcha d'eux pendant que je sonnais aux dernières portes.

Chou blanc. Nous avions visité les seize étages pour rien. Nous sortîmes de la tour. Ça faisait du bien de se retrouver à l'air libre. Ma voiture était toujours à la même place. Je poussai un soupir de soulagement.

— En gros, le tueur a pu emmener Kelly ici, prendre l'ascenseur et la balancer par-dessus bord sans que personne remarque son manège, résumai-je en m'asseyant sur le muret qui séparait la pelouse de la route.

— C'est ce qu'on dirait, approuva Joey en shootant dans une boîte de conserve vide.

— Il devait bien connaître l'endroit. Il y a peut-être habité ?

Joey ne répondit pas. Il se baissa et ramassa quelque chose par terre.

— Ça y est ! s'exclama-t-il.
— Quoi ?
— Un truc qui me trotte dans la tête depuis tout à l'heure. Regarde, reprit-il en me montrant ce qu'il tenait à la main.

C'était un cadenas comme ceux que les gamins mettent à leurs vestiaires au collège. Je le regardai sans comprendre.

— Suis-moi, dit-il en m'attrapant par le bras et en m'entraînant à nouveau dans le hall.

Il paraissait tout excité. Il appela l'ascenseur et me gratifia d'un énorme sourire.

— Qu'est-ce qui se passe ? insistai-je.

Il posa son index devant sa bouche. Nous étions revenus au dernier étage.

— Je vais te montrer, murmura-t-il en s'avançant vers une des portes condamnées. Tu vois ce cadenas. Il est costaud, bien solide.

Je haussai les épaules.

— J'étais en train de l'examiner quand tu m'as appelé pour redescendre, poursuivit-il. C'est le seul de cette marque. Les autres sont des CHUBB. Quelqu'un a forcé cette porte puis a remplacé la serrure.
— Et alors ?
— Alors, ça veut dire qu'un type vit là. Un squatter.

Le chat gris était de retour. Il se frottait maintenant contre mes jambes. Mes méninges travaillaient à toute vitesse.

— Autre chose, poursuivit Joey. Observe le matou. Il est bien soigné et il a faim. C'est sûrement le sien. Le mec doit toujours occuper l'appartement. Il peut se pointer d'une minute à l'autre.
— Comment se fait-il que la police ne l'a pas repéré pendant l'enquête ?
— Parce qu'ils ne se sont pas donné beaucoup de mal. Tu avais vu juste tout à l'heure. L'assassin de Kelly ne peut être qu'un familier de la tour.

Il me fixa dans les yeux, attendant ma réaction.

— Tu veux dire que le meurtrier habite ici ? repris-je, incrédule.
— Pourquoi pas ? Souviens-toi de ce que nous a dit la fille. Tout le monde se fiche de tout le monde ici.
— Oui, mais nous parlions de Kelly. Pas de quelqu'un qui vit dans l'immeuble. Réfléchis un peu, Joey. C'est impossible qu'il n'ait jamais croisé personne. Il doit entrer et sortir. Il se serait fait remarquer....

J'avais élevé la voix. Joey resta silencieux.

— C'est trop facile, poursuivis-je. Ça ne colle pas. Les meurtres sont toujours des histoires compliquées. Crois-moi. J'ai une certaine expérience.
— Moi aussi, rétorqua-t-il. Souviens-toi de Paul.

Sa voix était devenue dure. Je me sentais nulle. Joey avait coincé l'assassin de son frère alors que nous pédalions tous dans la semoule. Il savait conduire une enquête. Mieux que moi sans doute. Mieux que certains flics.

– Excuse-moi, Joey, dis-je en essayant de rattraper ma bourde. Je ne voulais pas te faire de peine. Tu as sûrement raison...

Mais Joey ne m'écoutait plus. Il avait appuyé sur le bouton de l'ascenseur et restait planté là, immobile. Je l'attrapai par le bras et le secouai gentiment. Je regrettais amèrement de l'avoir froissé. Pour rien au monde je ne voulais me fâcher avec lui.

– On peut revenir plus tard, proposai-je. En fin d'après-midi, ça te va ? Il sera peut-être rentré. Ne serait-ce que pour nourrir son chat.

Joey esquissa un vague sourire avant de s'engouffrer dans la cabine. Il ne desserra plus les dents jusqu'à la voiture.

Il y a des jours où je ferais bien de réfléchir avant de parler.

11

Mère et fils

Je revins à l'agence après avoir déposé Joey. Tony était absent. Je trouvai trois messages sur mon bureau.

Où étais-tu passée ? Pense à relancer les mauvais payeurs ! Liste dans le classeur jaune. Je suis au tribunal toute la journée.

James Ford a téléphoné. Il voulait te parler.

Des Murray te cherche partout à propos d'un délit de fuite.

Je l'avais oublié, celui-là. Comment lui expliquer sans faire de vagues que j'avais raccompagné Carly chez elle pour lui tirer les vers du nez ? J'étais censée rester en dehors du coup.

Je verrai ça plus tard.

Je commençai par rappeler James Ford.

— James n'est pas là pour l'instant, répondit une voix de femme.

— Madame Ford ?

— Si vous êtes journaliste, ce n'est pas la peine d'insister...

Elle avait démarré au quart de tour.

— Je suis une amie de James, m'empressai-je d'ajouter. Il a essayé de me joindre ce matin.

— Il ne m'a rien dit.

— Je m'appelle Patsy Kelly.

— Ah oui ! Il ne devrait pas tarder, mademoiselle. Vous voulez passer à la maison ?

— Je ne sais plus où j'ai noté votre adresse. Vous pouvez...

— 22 Cooper's Road. C'est à cinq minutes du métro. Descendez à Stratford.

Je griffonnai les coordonnées dans mon calepin et raccrochai en la remerciant. Je fourrai les messages dans le tiroir du haut, pris le plan de Londres et quittai le bureau.

En fait, je marchai dix bonnes minutes avant d'atteindre la maison des Ford. Je n'avais pas pris la voiture. Impossible de se garer dans le coin. La rue était bordée de vieilles maisons victoriennes, toutes identiques. Je sonnai à la porte. Mme Ford vint ouvrir.

Elle était plus petite que dans mon souvenir. Contrairement à ce que j'attendais, elle n'était pas en noir. Elle portait un fuseau bleu, un chemisier à fleurs et empestait le parfum comme si elle venait de renverser le flacon sur elle. Elle tenait une cigarette non allumée dans la main gauche et un briquet en or dans la droite.

– Madame Ford ?
– Patsy ? embraya-t-elle en s'avançant sur le perron pour regarder des deux côtés de la rue. Excusez-moi. Je vérifie qu'il n'y a personne. Je n'aime pas les curieux. Entrez, je vous en prie.

Elle s'était penchée vers moi. Son haleine sentait fortement l'alcool.

Je la suivis au salon et m'installai dans un fauteuil. La pièce était claire, spacieuse. Un seul motif : des fleurs. Il y en avait partout. Le papier peint, les rideaux, même les chaises. Un vrai jardin botanique...

– Il faut me comprendre, ma chère, reprit-elle. Je fuis les journalistes comme la peste. Ils ont été odieux après la mort de Kelly. Je les avais sur le dos jour et nuit.

– C'est terrible.

Mme Ford ferma les yeux et sa figure se décomposa. Je craignis qu'elle n'éclate en sanglots. Elle se reprit au bout de quelques secondes et recommença à parler.

– Puis-je vous offrir une tasse de thé ?
– Non, je vous remercie infiniment.

Elle porta sa cigarette à ses lèvres et l'alluma. Elle chancela un bref instant puis se ressaisit. Je réalisai qu'elle devait être complètement soûle. Elle m'adressa un petit sourire. Je détournai la tête, embarrassée. Pourvu que James ne tarde pas trop.

Il y avait un plateau sur la télé couvert de petits cactus en pots. Au moins une douzaine.

– James en fait la collection, précisa Mme Ford en suivant mon regard. Ce n'est pas ce que je préfère mais vous savez comment sont les enfants. Je ne devrais pas l'appeler comme ça. Il est grand maintenant. Mais c'est toujours mon bébé.

Une larme coula le long de sa joue, elle l'essuya vivement du revers de la main.

— Je suis désolée, madame Ford. Je devrais peut-être vous laisser.

Je me levai pour partir. Je ne savais pas quoi faire. Qu'est-ce qui m'avait pris ? Je n'aurais jamais dû venir.

— Ne vous inquiétez pas. Le médecin dit que ça me fait du bien de pleurer. Ça soulage. Il ne faut pas que je me retienne.

Elle sortit un mouchoir de sa poche et s'essuya les yeux.

— James m'a expliqué qu'il était très proche de sa sœur, repris-je doucement.

— C'est vrai. Il a toujours veillé sur elle. Ils étaient inséparables quand ils étaient petits. Je travaillais beaucoup à l'époque. C'est James qui s'occupait de Kelly. Les gens étaient étonnés de voir combien il était attentif et affectueux avec elle. Pourtant, ils ne sont que demi-frères. Ils n'ont pas le même père.

Elle sourit amèrement en s'asseyant sur le bras d'un fauteuil.

— Je n'ai jamais eu de chance avec les hommes. Le père de James était routier. Un jour, il est parti en Espagne et je ne l'ai plus revu. Quant à Kelly, comment dire ? C'était un accident.

Elle tira longuement sur sa cigarette et rejeta lentement la fumée vers le plafond. Ses yeux s'embuèrent à nouveau. J'allais prendre congé quand on sonna à la porte.

— Je me demande qui c'est, dit-elle en reniflant.

Je consultai ma montre. Je n'allais pas attendre James tout l'après-midi. Je m'approchai des cactus. Chacun son truc. Moi, je collectionnais bien les chapeaux.

Mme Ford revint accompagné d'une jeune femme. Elle parlait avec entrain.

– Patsy, je vous présente Moira, de l'association Aide aux Victimes. Elle passe me voir pratiquement tous les jours. Elle m'aide énormément.

Moira me tendit la main en souriant. Je la serrai chaleureusement. Elle était fluette et portait les cheveux très court. Je connaissais ce visage. Je l'avais vu lors des funérailles de Kelly. C'était elle qui soutenait Mme Ford à la sortie de l'église.

– Vous êtes une amie de Kelly ? demanda-t-elle d'une voix douce.

– Non, c'est une amie de James, intervint Mme Ford.

– J'étais sur le point de partir, dis-je.

Je préférais m'éclipser avant que ça vire salon de thé.

– Je reviendrai un autre jour, quand James sera là, ajoutai-je.

– Vous pourriez aller à sa rencontre. Il est à deux pas. Il bricole dans notre garage au coin de la rue. C'est facile à trouver.

Je vis Moira se diriger vers les cactus pendant que Mme Ford me raccompagnait à la porte. Décidément...

– J'ai été ravie de faire votre connaissance, dit-elle simplement en me serrant la main.

J'éprouvais de la compassion pour cette femme. De l'admiration aussi. Elle restait aimable, courtoise, essayant de mettre les gens à l'aise malgré la terrible épreuve qu'elle traversait. Je me demandais si Moira était au courant de ses problèmes de boisson.

Des gamins qui jouaient sur le trottoir m'indiquèrent le chemin. Il y avait une douzaine de box alignés les uns à côtés des autres. Il restait même des emplacements à louer. PRIX MODÉRÉ, précisait la pancarte.

Mais pas de James ! Je commençais à en avoir plein le

dos. Il était peut-être retourné à la maison. Nous nous étions ratés. Je remontai la petite allée. La porte du troisième garage était entrouverte. J'appelai à tout hasard. Aucune réponse.

C'était à désespérer.

Je revins sur mes pas. Les enfants continuaient leurs jeux. Il fallait que je parle à James. Kelly n'était que sa demi-sœur. Il n'y avait rien là de mystérieux. Pourtant, il s'était bien gardé de me le dire.

Je consultai ma montre. Je devais repasser au bureau, relancer les créanciers et donner quelques coups de téléphone. J'avais fixé rendez-vous à Joey Hooper à six heures pour retourner à Huxley Point.

J'allais être en retard.

Je décidai de faire une dernière tentative et me plantai à nouveau devant le box à la porte entrebâillée. Toujours aucun signe de vie. Je fis coulisser la porte. Je m'attendais au fouillis habituel de vieilleries, vélos déglingués, frigo en panne, boîtes de pièces détachées.

J'avais tout faux. Il n'y avait qu'une seule chose à l'intérieur.

Un coupé rouge.

12

Effraction

Je n'attendis pas le retour de James. Je regagnai directement le bureau. Pendant tout le chemin en métro, j'essayais de me rappeler les circonstances de l'accident et le modèle exact de la voiture qui avait renversé Carly. Je n'avais aucune certitude. Un coupé rouge comme il y en a des centaines.

Le problème, c'est que James Ford avait ce type de véhicule dans son garage.

Les paroles de Carly me revinrent en mémoire. « *S'il y a quelqu'un qui pourrait vous parler de Kelly, c'est bien ce dégonflé de James. Il avait un truc pour sa sœur.* » James était obsédé par elle, jaloux comme un tigre et ne supportait pas qu'elle sorte avec ses amis. Pas même avec Carly.

Et maintenant Carly était à l'hôpital dans un sale état.

Pourtant c'était James qui était venu me demander de reprendre l'enquête sur le meurtre. Il m'avait apporté l'enregistrement de Kelly. Pourquoi entreprendre une telle démarche s'il était mouillé jusqu'au cou dans cette affaire ? Ça n'avait aucun sens.

En arrivant à l'agence, j'avais tourné et retourné le problème dans ma tête. Sans parvenir à une conclusion. Je me préparai une tasse de thé et essayai de me mettre au boulot. Impossible de me concentrer. De plus, je n'avais toujours aucune idée de ce que j'allais raconter à Des Murray. Mieux valait attendre. Je décidai de m'en aller. Je laissai une note à Tony.

Je suis partie plus tôt. J'ai des bricoles à faire à la maison. Patsy.

Je retrouvai Joey devant chez lui. Il portait un jean propre et un sweat-shirt. Il s'était aussi coupé les cheveux. Je souris. Je me regardai dans le rétroviseur intérieur. Je n'avais pas pris la peine de me recoiffer ni de me maquiller. Je me promis de faire un effort la prochaine fois.

– Salut, lançai-je alors qu'il s'installait à côté de moi.

– Ça va ? répondit-il en se passant fièrement la main sur le crâne.

– Je te préfère comme ça. On dirait que le « H » a encore frappé.

La lettre était sculptée au rasoir juste au-dessus de l'oreille droite. C'était le retour du Joey que j'avais connu.

– Pas mal, non ? Rien ne vaut les bonnes vieilles habitudes.

Il souriait de toutes ses dents. La brouille de ce matin semblait oubliée. Je pris la direction de Stratford.

C'était l'heure de pointe. J'en profitai pour lui raconter ma visite chez Mme Ford et la découverte que j'avais faite dans le garage de James. Il ne fit aucun commentaire. J'avais peut-être jugé trop vite. Il m'en voulait encore. Il ne desserra les lèvres qu'en vue de Huxley Point.

– Tu as remarqué si le capot était enfoncé ?
– Non, je n'ai pas pensé à regarder.

Quelle idiote ! Si c'était la voiture qui avait percuté Carly, elle devait porter les traces du choc.

– Et les pneus ? Tu les as examinés ? Il a dû freiner brutalement. La gomme était usée ?
– Je ne sais pas.

Je me sentais ridicule. Je m'étais contentée d'ouvrir et de refermer la porte du box sans aller plus loin.

– Ce serait bien que tu y retournes, remarqua-t-il calmement.

– Oui. J'ai quelques questions à poser à James, répliquai-je pour noyer le poisson.

– Je peux venir avec toi, si tu veux. Histoire de te tenir compagnie.

J'acceptai.

Quelle gourde ! J'avais des leçons à prendre. Joey n'aurait jamais négligé des indices aussi importants.

Il était presque sept heures quand je me garai au pied

de la tour. Il y avait plus de monde que ce matin. Des ados faisaient une partie de foot sur la pelouse. D'autres garçons plus âgés bricolaient leurs voitures. Personne ne fit attention à nous. En pénétrant dans le hall, nous fûmes accueillis par les rugissements d'une radio qui diffusait du rap. Le poste était posé sur les marches et deux gamines se trémoussaient en cadence. Elles ne tournèrent même pas la tête à notre passage. Je commençais à voir ce que voulait dire l'étudiante de ce matin. En effet, chacun semblait ne s'occuper que de ses petites affaires.

Nous montâmes directement au dernier étage. Tout était calme sur le palier. Joey se dirigea vers la porte condamnée et inspecta le cadenas.

— J'ai l'impression qu'il n'est pas rentré.

— On peut attendre un peu, répliquai-je en allant m'asseoir sur les marches.

Le soleil finissait de descendre sur la ville. La vue était magnifique. Le West End s'embrasait au couchant. En bas, les passants paraissaient minuscules.

— Là, c'est Canary Wharf, dit Joey en s'installant à côté de moi.

Le gratte-ciel étincelait comme une lanterne géante. La NatWest Tower et la tour Lloyds s'élançaient, flamboyantes, vers le ciel. Deux hélicoptères tournaient autour pareils à de minuscules insectes.

A cette distance, la cité révélait le dédale de ses rues, la mosaïque de ses architectures. On apercevait la ligne de chemin de fer comme une saignée jusqu'à la gare d'où sortait et entrait une foule de fourmis affairées.

La nuit était maintenant tombée. Le palier était plongé dans l'obscurité.

— J'aurais dû apporter une lampe électrique, m'exclamai-je, furieuse contre moi-même.

Joey sourit et plongea la main dans son sac. Il y avait

pensé. Il vérifia le fonctionnement de la torche et me la tendit.

— J'ai vraiment tout faux aujourd'hui, bredouillai-je.

Le chat gris apparut dans le faisceau de lumière et vint se frotter contre mon bras en miaulant doucement.

— Il a faim, dit Joey.

— Ne me dis pas que tu as aussi apporté des croquettes !

Il secoua la tête et éclata de rire.

Je me relevai et m'étirai. Il commençait à faire frisquet.

— Je ne crois pas que notre squatter rentrera ce soir, repris-je.

— J'en ai bien peur, admit Joey, visiblement déçu.

— On pourrait essayer d'aller y voir de plus près.

A vrai dire, je n'étais pas tout à fait certaine d'avoir le courage de me lancer dans une opération commando.

— Une effraction ?

— Il y a quatre-vingt-dix chances sur cent pour qu'il n'y ait personne dans l'appartement. Aucun risque. On ouvre, on jette un coup d'œil et on referme. Ni vu ni connu.

J'y allai au culot.

— Et s'il arrive pendant qu'on est à l'intérieur ?

— L'un de nous deux n'a qu'à rester dehors à surveiller l'ascenseur. S'il entend monter...

— Je ne sais pas...

— C'est l'affaire de deux ou trois minutes. Pas question de s'éterniser. On fait un petit tour et on s'en va.

J'étais excitée comme une puce. J'ignorais ce que nous allions trouver là-dedans. Sûrement pas grand-chose mais je voulais démontrer à Joey que je savais aussi la jouer professionnelle.

— Nous n'avons pas d'outil pour forcer le cadenas. Un tournevis, n'importe quoi.

— J'ai ce qu'il faut dans la voiture.

J'appelai l'ascenseur.

– Tu m'attends ici.
– Mais...

Je mis moins de deux minutes pour aller jusqu'à la Golf, ouvrir le coffre et prendre le démonte-pneu. Brave Billy, il avait pensé à tout. Le groupe de filles qui dansaient dans le hall s'était agrandi. Mais aucune ne daigna me jeter un regard. J'aurais pu me trimballer avec un cadavre sur l'épaule qu'elles n'auraient pas réagi plus.

Joey était en train de caresser le chat quand je revins.

– Eclaire-moi avec la torche, je vais essayer de forcer ce truc.
– Tu crois...

Maintenant qu'on y était, j'avais hâte d'en finir. Sans compter que l'heure tournait et que j'étais impatiente d'avoir une nouvelle discussion avec James Ford. Je glissai la barre entre le cadenas et la plaque de tôle. J'appuyai de toutes mes forces en faisant levier.

– Bravo, Patsy ! m'écriai-je quand le cadenas céda.

Joey entrebâilla la porte avec son pied. Il faisait noir comme dans un four à l'intérieur. Je ne me sentais plus aussi téméraire que tout à l'heure. Joey m'avait précédée dans l'appartement. Je l'entendis tâtonner dans l'obscurité et moins d'une seconde plus tard la lumière jaillit.

– Il y a de l'électricité. C'est un squat, Patsy.

Le chat se faufila entre mes jambes et s'engouffra dans la pièce. J'étais de moins en moins tranquille. Au bord de la panique, pour tout dire. Terminé, l'intrépidité...

– Je t'attends sur le palier, dit Joey. C'est toi qui y vas. Tu sais ce que tu cherches. Allume dans chaque pièce avant d'y entrer.

– Tu plaisantes ?
– Tu as l'habitude de ce genre d'embrouilles avec ton boulot. C'est ce que tu m'as dit, non ? De toute façon, je ne suis pas loin.

Il se précipita vers l'ascenseur et colla son oreille à la paroi.

Je n'avais pas le choix. J'avançais sur la pointe des pieds, ignorant ce que j'allais découvrir. Quatre portes, toutes ouvertes, donnaient dans l'entrée. Je décidai de suivre le chat qui avait pris la première à droite. Je tournai l'interrupteur. C'était la cuisine. Un poste de radio était posé sur la table. C'était propre et bien entretenu. Je trouvai une bouteille de lait dans le frigo et un reste de gâteau au chocolat. Pas de doute, l'endroit était occupé. Il fallait que je recouvre mon calme. J'avais fait pas mal de trucs limites dans ma courte carrière, mais c'était ma première effraction.

Je passai dans le salon. Il n'y avait pour tout mobilier qu'un vieux fauteuil et une petite télé trônant sur une caisse en bois. Toutes les fenêtres étaient condamnées avec des planches en contreplaqué. Normal pour quelqu'un qui voulait éviter de se faire remarquer. Aucune lumière ne devait filtrer à l'extérieur. La salle de bains, derrière la troisième porte, était minuscule. C'était plutôt un cabinet de toilette. Je remarquai sur la tablette deux brosses à dents, une savonnette et deux flacons de shampooing différents dans le bac à douche. Je ressortis sur le palier pour voir où en était Joey.

Il était toujours à son poste et leva le pouce pour me signaler que tout allait bien.

– Jette un œil de temps en temps dans les escaliers, chuchotai-je.

Le chat continuait à râler quand je regagnai l'appartement. Il commençait à me taper sur le système. Il me restait une pièce à visiter. J'avais hâte d'en finir pour revenir à la vie normale. Cet endroit, cette tour me sortaient par les yeux. J'allais pousser la porte quand je restai littéralement scotchée sur place.

Il y avait une plaque en porcelaine sur le battant. Le genre de babiole qu'on achète dans les boutiques de souvenirs. Un truc avec les mots *Chambre de Jack* ou *Chambre de Nathalie*.

Sauf que celle-là était au nom de Kelly.

– Joey !

Je ne reconnus pas ma voix tellement elle tremblait.

Je l'entendis se ruer dans le couloir pendant que j'ouvrais la porte centimètre par centimètre. Je trouvai l'interrupteur et appuyai, la peur au ventre. Joey était maintenant derrière moi, le souffle court. Un matelas était jeté à même le sol. Une caissette servait de table de nuit. Au-dessus du lit, une douzaine de photos punaisées sur le mur.

– Regarde, bredouillai-je.

Je ne m'attendais pas à ça. Mais alors, pas du tout.

Nous nous approchâmes des clichés. Une adolescente souriait à la caméra. Plutôt mignonne avec de longues tresses blondes. Une autre photo la montrait en pied au bord de l'eau ; une troisième portant l'uniforme de son collège.

– C'est Kelly ? demanda Joey.

J'acquiesçai. En baissant les yeux, je remarquai une chemise de nuit pliée sur la couverture près de l'oreiller.

– Elle devait vivre ici. Peut-être avec son petit ami.

Joey me désigna une autre série de photos. Elle posait en compagnie d'un jeune mec.

– Tu crois que c'est son copain ?

– Il y a des chances, répondis-je.

C'était même sûr. Deux des portraits les représentaient en train de s'embrasser. Le garçon la tenait par l'épaule.

– Là ! m'exclamai-je en désignant la main du gars.

– Quoi ?

Joey avait décroché la photo.

– Il lui manque un doigt.

– Tu penses que c'est Liam ? dit-il en me passant le cliché.

– Liam Casey sortait avec Kelly !

Nous étions tellement abasourdis que nous n'entendîmes pas l'ascenseur s'arrêter à l'étage, ni les pas dans le couloir ni le miaulement de contentement du chat. Ce fut la voix qui nous fit lever la tête.

– Qu'est-ce que vous foutez là ?

Je me retournai pour découvrir le type de la photo en chair et en os. Liam Casey, le visage fermé, les mâchoires crispées. Il serrait les poings, prêt à cogner.

Je restai sans voix.

13

Liam Casey

Liam Casey m'arracha la photo des mains et bouscula Joey.

– Attendez ! protestai-je. Je peux tout vous expliquer.

Joey réagit au quart de tour. Il se planta devant Liam et le repoussa d'un grand coup à l'épaule. Liam, déstabilisé, faillit tomber. Furieux, il attrapa Joey par le sweat-shirt et, le plaquant violemment contre le mur, le frappa au visage. Tout était arrivé en un éclair. Je les suppliai de ne pas se battre. Sans succès. Joey répliqua en lançant un coup de poing qui atteignit Liam à la mâchoire. Il s'écroula sur le lit.

– Arrêtez, criai-je d'une voix étranglée. C'est un malentendu...

Tandis que Liam se relevait pour revenir à la charge, je repensai à ce qui s'était passé dans la bijouterie entre Dan

Mackenzie et Vincent Black. J'avais une terrifiante impression de déjà-vu. Le cauchemar pouvait recommencer, la situation tourner au drame. Je me jetai entre les deux adversaires. J'avais Joey derrière moi. Liam me faisait face, le menton tuméfié, le regard haineux.

– Pour l'amour de Dieu, arrêtez ! hurlai-je.

Liam me jeta un regard déconcerté. Je pris Joey par le bras et l'emmenai à l'écart. Il tremblait de rage. Il saignait du nez.

– On peut parler calmement ? repris-je. On ne faisait rien de mal.

– Méfie-toi, Patsy, ce mec a une droite en plomb.

– Patsy ? reprit Liam. C'est vous Patsy, la détective à qui Kelly a envoyé une lettre ? Elle avait vu votre nom dans le journal.

– C'est moi, répondis-je, la voix mal assurée.

– Pourquoi vous l'avez pas dit ?

– Vous ne m'en avez pas laissé le temps.

Liam Casey s'appuya contre le mur, les traits tirés. Il nous dévisagea l'un après l'autre puis il se massa le menton à l'endroit où Joey avait cogné.

– On est tombés sur cette planque par hasard, repris-je. On enquêtait dans l'immeuble pour recueillir des témoignages sur la mort de Kelly. Joey a observé que le cadenas avait été changé. On ne savait pas que vous viviez ici.

Liam Casey désigna Joey du doigt.

– Qu'est-ce que ç'a à faire avec lui ?

– C'est un ami, Joey Hooper.

Joey continuait à saigner. Je fouillai dans mes poches à la recherche d'un mouchoir mais n'en trouvai pas. Liam se pencha vers la table de nuit. Il en tira un Kleenex qu'il lui tendit.

– Trop aimable, dit Joey d'un ton sarcastique.

Je les regardai à tour de rôle avec inquiétude. Il fallait

absolument que je trouve quelque chose pour détendre l'atmosphère.

– Euh... on pourrait peut-être prendre une tasse de thé, proposai-je d'une voix hésitante.

Liam hocha légèrement la tête et se dirigea vers la cuisine. Je m'approchai de Joey.

– C'était le petit ami de Kelly, chuchotai-je. On tient un truc important. Fais un effort !

C'était presque un ordre.

Joey essuyait le sang qui avait coulé le long de sa bouche.

– C'est lui qui a commencé, pas moi, marmonna-t-il.

Je soupirai et posai la main sur son épaule.

– Ça va mieux ? demandai-je d'une voix douce.

– Je survivrai.

Dans la cuisine, Liam avait donné à manger au chat. Le matou liquidait son assiette à toute allure. Liam semblait toujours sur la défensive. Les nerfs à vif.

– Il s'appelle comment ? demandai-je.

– Il a pas de nom. C'est un vagabond. Il vient parce que je le nourris.

Il avait sorti deux tasses et versait l'eau bouillante sur les sachets de thé. Il rangea la pâtée du chat dans le frigo, sortit la bouteille de lait. Il jeta un coup d'œil méfiant en direction de Joey mais resta muet. Je le détaillai du coin de l'œil. Il était plus petit que je l'avais imaginé. Plutôt maigre. Il flottait dans son jean et son T-shirt. Il relevait constamment la mèche qui lui tombait sur le front. Je ne pouvais m'empêcher de fixer sa main mutilée. Je devais continuer à parler.

– Pourquoi vivez-vous ici ?

– Qu'est-ce que ça peut vous fiche ? répondit-il, de nouveau agressif.

Je la bouclai. Je commençais à me dire que je n'arriverais à rien avec lui. Je m'agenouillai pour caresser le chat. « Laisse-lui du temps », pensai-je. Après quelques minutes de silence gênant, il se décida à parler.

– J'habite dans cet immeuble depuis deux mois. Je supportais plus le petit ami de ma mère. Je connaissais l'endroit parce que mon cousin y avait vécu. Il fallait que je trouve un toit. Ç'a été un jeu d'enfant de rétablir l'eau et l'électricité.

J'acquiesçai d'un signe de tête.

– Quelqu'un connaît ta planque ? demanda Joey.

– J'y suis pas régulièrement. Je reste souvent chez des potes. Personne n'est au courant. Comme ça, quand je veux disparaître de la circulation... Mais assez causé de moi. Qu'est-ce que vous cherchez au juste ?

– J'ai essayé de joindre Kelly après avoir reçu sa lettre, expliquai-je. Quand elle est morte, j'ai laissé l'affaire à la police. Je ne suis pas officiellement impliquée dans l'enquête mais James Ford est venu me voir dernièrement. Il m'a apporté un enregistrement de Kelly où elle racontait qu'elle était persécutée par Vincent Black. Il voulait que je me renseigne.

– Vous êtes sur la mauvaise piste. Vince n'a rien à voir là-dedans. Je suis pas étonné que James essaie de le mouiller. Ce type est complètement jeté.

– Pourquoi vous dites ça ?

– Kelly ne savait plus quoi faire pour qu'il la laisse tranquille.

Carly Dickens m'avait servi à peu près le même topo avant de se faire renverser par le coupé rouge.

– Pourquoi ? intervint Joey.

– Il se comportait d'une façon bizarre avec elle. Pas du tout comme un frère.

Il nous tendit nos tasses puis resta prostré dans son coin. J'avais pensé qu'il continuerait sur sa lancée et nous sortirait tout ce qu'il savait. Au contraire. Il était redevenu muet comme une tombe. Ce n'est pas toujours facile d'amener les gens à déballer leur vie.

– J'étais en prison avec Vince Black, reprit Joey pour rompre le silence. Il parlait tout le temps de toi. Il disait que t'étais un coriace et que t'aurais fait n'importe quoi pour lui.

Liam releva la tête et nous lança un drôle de sourire.

– Vince vit dans ses rêves. Il se croit le plus fort. C'est ce qui l'a conduit au trou. Je suis pas un dur. J'ai jamais cherché la bagarre avec personne...

– C'est pas l'impression que j'ai eue, grommela Joey en se tâtant le nez.

– Hé ! Vous étiez chez moi. Dans notre chambre, à Kelly et à moi. Je pouvais pas deviner...

– Vince prétend que tu t'es coupé le doigt parce qu'il te l'avait demandé, continua Joey.

– N'importe quoi ! Vince est une grande gueule. En fait, ça s'est pas du tout passé comme ça. On avait une dizaine d'années. On lavait la voiture de son père. Il m'a coincé la main en claquant la portière. C'est aussi simple que ça. C'était un accident.

– Non ? m'étonnai-je.

– Je sais pas comment cette histoire a commencé. Est-ce que c'est Vince qui l'a inventée ou est-ce que c'est un autre type qui l'a montée en épingle ? Au début, j'essayai de dire la vérité puis j'ai laissé tomber.

– Comment tu t'es retrouvé avec Kelly ? demandai-je.

Maintenant qu'il était ferré, il ne fallait plus le lâcher. Il poussa un profond soupir avant de répondre.

– Je suis allé voir Vince en prison. Il était persuadé que Kelly le trompait. Il voulait que je mette la main sur le mec et que je lui fasse oublier le goût du pain. Comme je l'ai dit tout à l'heure, Vince se prend pour une terreur. Il pense que je suis son porte-flingue ou un truc dans le genre. J'aurais dû l'envoyer balader mais il était complètement déprimé. Alors j'ai préféré ne pas le contrarier.

Joey et moi restions silencieux. Je me doutais de la suite mais je voulais l'entendre de la bouche de Liam.

— J'ai été voir Kelly. On a causé. Je lui ai expliqué que Vince avait des soupçons. Elle m'a juré que c'était faux. Je l'ai crue. Je suis retourné voir Vince. Il a rien voulu entendre.

Il s'arrêta un instant. Le chat était revenu dans la pièce et faisait sa toilette à ses pieds.

— On a fait une virée un soir. Rien de spécial. Ça collait bien entre nous. Elle se sentait piégée par Vince. Elle avait peur. Surtout depuis la mort du type de la bijouterie. Elle disait que ses sentiments avaient changé.

Il haussa les épaules.

— Voilà. C'est comme ça qu'on est sortis ensemble.

— Et Vince ?

— Qu'est-ce qu'il pouvait faire ? Moi ou un autre, de toute façon, Kelly voulait plus de lui. C'était pas la peine de se prendre la tête. On en reparlerait à sa sortie de taule. Pourquoi le mettre au courant avant. N'empêche que Kelly se sentait pas en sécurité. Elle était toujours sur ses gardes...

— Il l'avait menacée ?

— J'ai essayé de la raisonner. Elle disait qu'il avait des espions, qu'on la suivait dans la rue. J'ai d'abord cru qu'elle délirait. Elle montait des plans incroyables quand on devait se voir. Elle m'a parlé d'une voiture rouge, mais je l'ai jamais vue. Après, c'étaient des coups de téléphone anonymes. Elle craquait complètement. C'est à ce moment-là qu'elle a envoyé sa lettre.

— Et qu'elle est venue vivre ici ?

— C'était aussi pour s'éloigner de James.

— Pourquoi ?

— Il était toujours sur son dos. Elle l'aurait même surpris une fois en train de la surveiller. J'ai pensé qu'elle virait parano. Un jour, elle m'a raconté qu'elle avait retrouvé des fringues à elle sous l'oreiller de James.

— Elle n'en a pas parlé à sa mère ?

— Pas facile. C'était son frère. Elle a préféré prendre le large. Je lui ai proposé de s'installer ici avec moi.

— Tu étais là quand c'est arrivé ? demanda Joey.

— J'avais dégotté un petit job pour la matinée. Je suis rentré aux environs de trois heures. Pour tout dire, on s'était disputés. Je supportais plus ses crises d'angoisse. Elle arrêtait pas de me tanner pour que je dise la vérité à Vince. Elle voulait être claire. J'étais fatigué de ces salades. Je suis allé me promener le long du fleuve en sortant du boulot. A mon retour, je suis tombé sur tous ces gens rassemblés, qui disaient qu'une fille était tombée du toit. J'ai cru que j'allais devenir cinglé.

— Et la police ?

— J'étais sous le choc. J'ai traîné une partie de la soirée. Je suis resté quelques jours chez ma mère. J'avais pas les idées claires. J'étais certain que les flics allaient penser que c'était moi. Les menaces de Vince. Ce qu'il m'avait demandé de faire. En plus, j'avais pas d'alibi.

Il n'avait pas franchement tort. Il se serait retrouvé d'emblée premier sur la liste des suspects.

— Je me suis dit qu'il valait mieux attendre qu'ils arrêtent le coupable avant de me présenter au commissariat. Mais apparemment, l'enquête a rien donné. Je risquais de plus en plus gros. Puis j'ai lu l'article dans le journal. Ils penchaient de plus en plus pour un suicide.

Il se tut et se prit la tête entre les mains. Je crus qu'il allait éclater en sanglots.

— Je me suis senti coupable, reprit-il après s'être ressaisi. C'est moi qui l'avais amenée ici. On s'était engueulés. Je l'avais pas prise au sérieux quand elle m'avait dit qu'elle avait peur. Tout ça, c'était ma faute...

Il semblait accablé. Je remarquai pour la première fois qu'il avait de larges cernes sous les yeux.

– C'est faux, déclarai-je. Je doute qu'elle se soit suicidée.

Je la bouclai illico. J'étais sur le point d'évoquer « l'accident » de Carly Dickens. Il n'avait pas l'air au courant et je ne voulais pas l'enfoncer davantage. Joey parut lire dans mes pensées.

– Il faut être logique, Liam, embraya-t-il. Kelly a reçu des menaces. Elle meurt peu de temps après. Tu crois vraiment qu'elle s'est fichue en l'air ?

Liam le regarda et secoua lentement la tête.

– C'est pour cette raison, ajoutai-je, qu'il est important de trouver un témoin qui aurait croisé Kelly le jour du meurtre. Tu comprends maintenant pourquoi on s'est introduits chez toi ? Si on pensait que c'est un suicide, on ne serait pas ici.

J'avais sorti ça avec force. Il ne devait pas douter un seul instant que nous étions de son côté.

Il se pencha pour ramasser nos tasses vides. L'entretien était terminé.

– Bon, il faut qu'on y aille, lançai-je.

Il marmonna quelque chose sans nous regarder.

– Je vais te laisser mon numéro de portable. Tu peux m'appeler à n'importe quelle heure si tu découvres du nouveau.

Je lui tendis ma carte mais il refusa de la prendre. Je la posai sur la table.

– On y va, Patsy, intervint Joey en se dirigeant vers la porte.

– Tu es certain que personne ne connaît ta planque ? Quelqu'un de ta famille, un copain ?

C'était ma dernière tentative. Ma dernière question pour essayer de démêler ce sac de nœuds.

Il ne répondit pas. Il nous raccompagna sur le palier. Il était au bord des larmes. Je rejoignis Joey dans l'ascenseur.

— Il est encore sous le choc, dit-il en se tamponnant le nez.

J'acquiesçai pendant qu'il appuyait sur le bouton du rez-de-chaussée.

14

Un vrai travail d'équipe

Il était neuf heures et demie quand nous quittâmes Huxley Point. Je me retournai à l'angle de la rue. Les fenêtres n'étaient éclairées que jusqu'à la moitié de la tour. Il n'y avait rien au-delà.

— Tu crois que j'aurais dû lui parler de Carly Dickens ?
— Difficile à dire, répondit Joey.

Je me sentais frustrée.

— J'avais plein d'autres questions à lui poser. Je m'en veux de ne pas avoir préparé une liste.
— Comment tu aurais pu ? On ne savait pas qu'on allait le rencontrer.
— La porte donnant sur le toit, par exemple. Est-ce qu'elle était toujours ouverte à l'époque. Ou est-ce que quelqu'un l'avait forcée ?
— Tout le monde s'en fichait. Personne n'était censé vivre là-haut.
— Et le squat ? Après la mort de Kelly. La police ne s'est aperçue de rien. C'est Liam qui a changé le cadenas ?

– Laisse-lui le temps de se remettre. On aura l'occasion de le revoir.
– Espérons. Je ne peux pas faire attendre Des Murray plus longtemps.
– Si on allait causer à James Ford de sa voiture ?

Joey avait raison. Sa mère lui avait sûrement raconté ma visite. Il restait trop de choses en suspens dans cette enquête. Il fallait le cueillir à chaud avant qu'il ne réalise que j'étais passée au garage.

– Ça ne t'ennuie pas ? m'inquiétai-je subitement.

Joey avait peut-être d'autres projets pour la soirée.

– Pas du tout.

Il me passa doucement la main sur la nuque. C'était agréable. Je restai bouche bée, ne sachant pas quoi faire. Je branchai la radio. La musique envahit l'habitacle. Il se renfonça dans son fauteuil et ferma les yeux. Je me concentrai sur ma conduite. Nous restâmes silencieux jusqu'à Stratford.

C'est James Ford qui ouvrit. Il n'avait pas l'air particulièrement ravi de me voir. Il sortit sur le perron pour regarder des deux côtés de la rue, comme sa mère la dernière fois.

– Qui vous a permis de venir embêter ma mère ? demanda-t-il sans nous inviter à entrer. C'est qui, lui ? ajouta-t-il en désignant Joey du menton.

– C'est vous qui m'avez appelée à l'agence, ripostai-je. Vous ne vous souvenez pas ? Je ne suis pas venue voir votre mère mais vous. Joey Hooper est un ami. Joey, je te présente James Ford.

Je le trouvai bien agressif pour un type qui m'avait presque suppliée de reprendre l'enquête sur la mort de sa sœur.

— Je ne veux pas que vous harceliez maman, reprit-il. Elle est assez déprimée comme ça.

Il restait résolument planté sur le seuil comme s'il craignait que nous n'entrions de force.

— Je n'ai pas embêté votre mère, James. Je vous ai juste attendu. Je suis même allée jusqu'à votre box mais vous n'y étiez pas. Je suis retournée à l'agence.

Il nous dévisagea alternativement. Il paraissait inquiet.

— On peut parler ? demandai-je d'une voix amicale.

— Non, répliqua-t-il. C'est d'ailleurs pour ça que je vous ai laissé un message aujourd'hui. Je n'ai plus besoin de vos services. J'ai rencontré l'inspecteur Murray cet après-midi. Il prend l'affaire en main.

Des Murray bossait toujours sur l'affaire. Première nouvelle.

— Vous ne nous invitez pas à prendre une tasse de thé ?

— Non. J'ai eu tort de vous contacter. J'aurais dû faire confiance à la police. Je ne traite plus qu'avec eux maintenant.

Sur ces mots, il nous claqua la porte au nez.

Je me tournai vers Joey, interloquée. J'étais loin de m'attendre à cette réaction de la part de James Ford.

— Tirons-nous, dit Joey en m'entraînant vers la voiture.

— On ne va pas au garage ?

— Il vaut mieux lui laisser croire qu'on abandonne la partie. Tu fais le tour du pâté de maisons pour la frime.

Ce n'était pas idiot. Avant de démarrer, je jetai un dernier coup d'œil vers le pavillon. J'eus l'impression que quelqu'un nous observait dans le noir depuis la chambre du premier.

— Ce mec nous cache quelque chose, reprit Joey alors que je déboîtais.

— Alors tu peux m'expliquer pourquoi il est venu me relancer ?

– Un coup de bluff.
– Qu'est-ce que tu entends par là ?
– Résumons-nous. James Ford est obsédé par sa sœur. Il ne la lâche pas d'une semelle ; il ne supporte pas ses amis ; il dort avec ses fringues sous son oreiller. Et puis un jour, elle disparaît sans prévenir. Il la cherche, finit par la retrouver. Elle refuse de revenir avec lui. Du coup, puisqu'il ne peut pas l'avoir pour lui tout seul, il décide que personne ne l'aura. Il l'entraîne sur le toit et la jette dans le vide.
– Tout le monde ignorait où elle se cachait. Comment aurait-il pu découvrir sa planque ?
– Ce n'est qu'une théorie, Patsy.

Je me garai à une centaine de mètres de la rangée de box.

– Admettons qu'il soit l'assassin, reprit Joey. Il attend quelques jours. Les flics n'arrêtent aucun suspect. Il se sent menacé. Il vient te trouver à l'agence et te demande de rouvrir le dossier. Il joue sur les deux tableaux. Ensuite il va à la police. Il est tranquille, on ne risque pas de l'inquiéter puisque c'est lui qui a réclamé qu'on poursuive l'enquête. Des Murray le laisse tranquille.

Le raisonnement se tenait. Je restai un moment silencieuse.

– Et Carly Dickens ?
– Elle devait en savoir trop, continua Joey. Souviens-toi, il l'accusait d'avoir une mauvaise influence sur Kelly. Si James a tué sa sœur, il est aussi responsable de la tentative de meurtre contre Carly.

Je réfléchissais à toute vitesse. Carly savait-elle quelque chose à propos de la mort de Kelly ? Dans ce cas, Joey avait raison. James avait décidé de l'éliminer pour l'empêcher de parler. Je me penchai vers la banquette arrière et pris le démonte-pneu. Joey fronça les sourcils.

— On remet ça, annonçai-je.

— Deux effractions la même nuit ! Et dire que je m'étais juré de mener une vie d'honnête homme...

Il ramassa la torche restée à ses pieds et sortit de la voiture.

Il m'épatait. Ça, c'était un copain ! Bizarrement, je me sentais presque coupable. Je ne l'aurais pas rappelé si je n'avais pas eu besoin de lui. Pas si vite en tout cas. Qu'est-ce que ça signifiait ? Que j'avais trouvé un nouveau Billy pour m'aider à résoudre mes énigmes ?

Je repensai à la manière dont il m'avait caressé la nuque et me sentis troublée. Mais après tout, Joey était un ami, non ? Il n'y avait rien de mal à cela. Il frappa à la vitre, interrompant mes pensées. Je sortis de la voiture et nous nous dirigeâmes vers les garages.

L'endroit était désert, faiblement éclairé. Nous attendîmes un moment devant la porte du box, l'oreille tendue. Rien à signaler. Une télé au loin et le vrombissement d'une moto qui s'éloignait.

Je m'attaquai au cadenas. J'espérais secrètement que nous ne nous étions pas trompés. Que la voiture que nous allions trouver à l'intérieur était bien celle qui avait renversé Carly. L'affaire serait bouclée. L'histoire d'un frère amoureux de sa sœur et qui n'avait pas supporté l'idée d'être écarté. Le capot porterait les traces du choc. Il n'y aurait plus qu'à prévenir la police.

Le cadenas était plus coriace que celui de Huxley Point. Je poussai de toutes mes forces. En vain. Joey me relaya. Je surveillais les alentours pendant qu'il pesait de tout son poids pour faire levier. La serrure lâcha d'un coup dans un vacarme d'enfer. J'eus l'impression que toutes les cloches de la ville s'étaient mises à sonner.

Nous restâmes figés sur place. Littéralement paralysés. Joey me regardait droit dans les yeux, l'index devant la bouche. Personne ne se précipita dans la rue ni n'apparut aux fenêtres alentour. Joey ouvrit la porte avec d'infinies précautions.

Il alluma la torche. Le faisceau balaya l'intérieur du garage.

Il était vide. Pas de bagnole, rien.

– Tu es sûre que c'est le bon ? murmura Joey.

J'en étais certaine. Je reculai de quelques pas. C'était bien le troisième box à partir du bout. Celui dans lequel j'avais repéré le coupé rouge.

– Les choses sont différentes en pleine nuit, poursuivit Joey.

Je refis mentalement les gestes que j'avais accomplis l'après-midi même. Pas de doute. Nous étions devant le garage de James Ford.

Je n'eus pas le loisir de réfléchir davantage. Une sirène de police déchira le silence. Je levai les yeux. Un type était sorti sur son balcon. Il tenait un téléphone à la main.

– On est grillés ! s'exclama Joey. Quelqu'un a prévenu les flics.

– Oh ! non !

– Vite, barrons-nous. Si on se fait serrer, je suis bon pour un nouveau séjour au trou.

– La Golf ? m'écriai-je, effarée.

– Laisse tomber. Ils ne savent pas qu'elle est à nous. Magne-toi, on va se planquer dans les jardins de la résidence.

Je glissai le démonte-pneu sous ma veste et nous partîmes en courant. Il était moins une. La voiture de patrouille s'arrêtait dans un crissement de pneus à l'entrée de l'impasse. Une voix cria : « Par ici. Ils sont partis par ici. »

– Suis-moi, chuchota Joey en m'attrapant la main.

Derrière nous, deux portières claquèrent. La sirène se

tut. J'entendis les mots : « Police. Arrêtez-vous. » Puis des pas qui remontaient l'allée.

Nous nous cachâmes derrière un arbre. Les deux agents passèrent devant nous sans nous voir. Nous étions serrés l'un contre l'autre. Je sentais la barre d'acier me rentrer dans les côtes.

« Police ! »

– Ils reviennent, me glissa Joey dans l'oreille.

J'étais paniquée. Pour Joey, c'était la catastrophe. Il risquait très gros.

Les voix se rapprochaient. Je m'appuyai contre le tronc en attendant qu'ils viennent nous cueillir. Ils n'étaient plus qu'à quelques mètres. J'allais ouvrir la bouche pour dire à Joey que j'étais désolée de l'avoir entraîné dans cette galère quand il me prit par la taille et se pencha vers moi.

– Embrasse-moi, souffla-t-il. Aie l'air d'être amoureuse.

Je mis une seconde avant de réagir. Puis je nouai mes bras autour de son cou et l'embrassai avec passion. « C'est pour de faux », pensai-je, alors qu'il me caressait le bas du dos.

– Hé ! Regarde ce que j'ai trouvé, s'exclama un des agents. Un couple de tourtereaux.

Il fallait que je sois convaincante. Je passai la main dans les cheveux de Joey. Je sentis les contours du « H » sculpté sous mes doigts.

– Hep, vous deux ! Vous n'avez pas vu des gars s'enfuir en courant ? Il y a environ deux ou trois minutes.

Joey relâcha son étreinte et tourna la tête vers le policier.

Angoisse. Le démonte-pneu était tombé et gisait dans l'herbe à mes pieds. Je crus que j'allais m'évanouir.

Les deux flics continuaient à scruter l'obscurité autour de nous.

– Deux gamins ont forcé la porte d'un box dans l'allée, expliqua l'un d'eux. Vous n'avez rien remarqué ?

– Désolé, chef, on était un peu occupés. Si vous voyez ce que je veux dire ?

Le plus jeune ne put s'empêcher de sourire et haussa les épaules. Son collègue s'éloignait déjà en parlant dans son talkie-walkie. Aucun n'avait baissé les yeux vers le sol.

– Ils doivent être loin maintenant, leur cria Joey.

Je poussai un soupir de soulagement quand je les vis regagner leur voiture.

– On va rester encore peu, suggéra Joey. Le temps qu'ils s'en aillent.

Je hochai la tête et m'appuyai à nouveau contre l'arbre. J'étais prise dans un tourbillon d'émotions. Nous les avions roulés. Joey ramassa le démonte-pneu. Puis il resta planté devant moi comme avant le baiser. Je le regardai. J'avais une terrible envie de recommencer.

– Je crois que je suis « follement amoureuse », dis-je en l'attirant contre moi.

Nous nous embrassâmes longuement.

Quand nous revînmes vers la voiture, la rue était parfaitement calme. Je levai les yeux vers le balcon du type au téléphone. La lumière était éteinte. Il n'était pas loin de minuit. Je me tournai une dernière fois vers le box et soupirai en pensant que la voiture rouge n'y était plus.

– Envolée, murmurai-je.

Joey Hooper me tenait par les épaules.

– Il a dû la changer de place, observa-t-il. Je reviendrai demain traîner dans le coin. Je vais essayer de savoir où il l'a cachée.

C'était vraiment sympa de sa part. Pendant ce temps-là,

je pourrais m'occuper d'autres choses et avancer mon enquête.

– Allons-y, dit-il. Il faut rentrer.

15

La lettre

Je me réveillai de bonne heure après une nuit agitée. Je m'obligeai à manger un toast. J'en mâchai chaque bouchée avec application en essayant de faire le point sur ce qui m'était arrivé. Je me repassais le film des événements de la veille. Le baiser, la voiture, Huxley Point, Liam Casey, Canary Wharf, la fuite, le démonte-pneu, James Ford, le coupé rouge envolé, les deux flics, la fuite, le baiser.

Un baiser en forme de fuite.

C'était comme une ritournelle. Je fermai les yeux et les paroles de Joey me revinrent en mémoire : « Aie l'air d'être amoureuse. » Ça avait commencé comme dans un film d'espionnage, une manière de bluffer la police. Puis ça avait pris des allures de romance... Les lèvres de Joey sur les miennes, ses mains dans mes cheveux.

– Patsy !

J'ouvris les paupières. Maman se tenait devant la table de la cuisine. Je reposai ma moitié de tartine dans mon assiette. La radio diffusait de la musique. Je mis un moment à réagir. Elle tenait un truc bleu à la main.

– Réveille-toi, Patsy. Tu rêves ? Tiens, une lettre de Billy.

Je crus que j'allais m'étrangler en découvrant l'enveloppe. L'adresse était de sa main. *Mlle Patsy Kelly*, suivie

de trois « X ». Trois baisers... Je sentis ma vue se brouiller. J'allais me mettre à pleurer.
– Des larmes de joie ! Tu n'en fais pas un peu trop ? s'inquiéta maman.
Je me levai d'un bond et courus dans ma chambre. Je m'enroulai dans ma couette. Mes doigts tremblaient en déchirant l'enveloppe.

Chère Patsy,
Tu me manques affreusement. Ç'a été très dur. J'ai failli prendre mon billet de retour et rentrer par le premier avion. La seule chose qui m'a arrêté, c'est de vous décevoir. Tous. A commencer par toi. Tu aurais pensé quoi d'un type qui ne va pas au bout de ses engagements.

Je fis une pause avant de continuer ma lecture. J'avais l'impression d'avoir un poids énorme sur les épaules.

Nous nous sommes posés en Angola à dix heures, heure locale...

Il y en avait quatre pages. Billy était resté quatre jours dans la capitale avant de connaître son affectation définitive. Il partageait sa chambre avec deux garçons du Yorkshire. Ils avaient pris un minibus jusqu'aux faubourgs de la ville où les attendait une Range Rover de l'association.
Ils étaient basés dans un gros bourg en pleine brousse. Ils s'occupaient de la maintenance de tout ce qui avait un moteur. Billy n'était pas certain d'être à la hauteur.
Il demandait aussi des nouvelles des uns et des autres.

Comment vont Gerry et ta mère ? Les préparatifs du mariage ? Et Tony ? Il s'en sort avec son site Internet ? Il y a des enquêtes en cours ? Il faut que tu sortes. Je ne veux pas que tu restes à te morfondre à la maison en attendant mon retour !

Il avait mis un point d'exclamation. C'était une blague ? Il plaisantait ? La lettre me glissa des mains.

Si seulement elle était arrivée un jour plus tôt. J'aurais lu ces lignes en m'émerveillant à chaque phrase. J'aurais été transportée à chacune de ses déclarations.

Je t'aime tant. Ne m'oublie pas, Patsy.

A la place, j'étais rongée par le remords. Je refoulais mes émotions dans le coin le plus reculé de mon âme. J'avais honte.

Je restai assise de longues minutes à essayer de me ressaisir. J'avais beaucoup de choses à faire. D'abord le London Hospital pour prendre des nouvelles de Carly Dickens. Puis retour au bureau pour gérer l'intendance. Quant à Des Murray, je ne pouvais plus le laisser mariner. Il fallait absolument que je me manifeste.

A un moment ou un autre dans ce parcours, je devais recroiser Joey Hooper. Il avait promis de filer James Ford pour retrouver la voiture rouge. Il devait m'appeler sur mon portable s'il y avait du nouveau. Depuis le courrier de Billy, je n'étais plus si pressée de l'avoir en ligne.

Je me levai et vins me coller à la fenêtre. J'avais besoin de prendre du recul. Ce qui s'était produit entre Joey et moi ne signifiait pas grand-chose. C'était le fruit des circonstances, la frousse que nous avions éprouvée puis une sorte de soulagement. Après tout, nous n'avions fait que nous embrasser.

Rien d'autre. Je serais ferme avec lui. Il savait que j'avais un petit ami. Il ne tomberait pas des nues. J'espérais seulement que ça n'affecterait pas trop nos relations.

Je me sentis immédiatement mieux. Je ramassai la lettre de Billy et la calai contre mon réveille-matin. J'allais me mettre sur mon trente et un. Je sortis une jupe longue de ma penderie, un chemisier plutôt classe, un sac dans lequel je fourrai ma trousse à maquillage et une paire de boucles d'oreilles.

Un petit effort vestimentaire ne pouvait pas me nuire. Il était temps que je m'applique à ressembler à une adulte.

Tony était déjà derrière son bureau quand j'arrivai à l'agence. Il avait l'air de mauvais poil.

– Tu t'es enfin décidée à venir travailler ! brailla-t-il en me tendant un bout de papier sur lequel s'étalait APPELER DES MURRAY !!! en grosses lettres.

– Je suis désolée mais je n'ai pas été beaucoup là. Je travaille sur l'affaire Kelly Ford.

Voilà, j'avais craché le morceau. Je déchirai la feuille de papier en deux puis en quatre. Comme si ça allait me débarrasser de Des Murray une fois pour toutes.

Tony s'appuya au dossier de son fauteuil. Il haussa les sourcils, prit un trombone et commença à se curer les ongles. Visiblement, il hésitait entre me passer un savon et me tirer les vers du nez.

– Tu cherches les ennuis ? lâcha-t-il finalement.

– Cette fille m'a écrit. C'était mon affaire. J'aurais dû me bouger plus tôt.

Il me désigna la chaise du menton. Je m'installai.

– Dis-moi où tu en es.

J'hésitai un instant, puis je déballai tout. Après tout, c'était lui qui me demandait des explications. Je racontai l'obsession maladive de James pour sa sœur ; la conversation que j'avais eue avec Carly Dickens avant qu'elle ne soit percutée par la voiture rouge. Le même coupé que celui que j'avais vu dans le box de James. Il m'écoutait avec attention. Je lui parlai de notre visite à Huxley Point et de la rencontre avec Liam Casey. Je terminai sur la disparition de l'auto.

En réalité, je lui avais servi une version édulcorée des événements. Inutile de mentionner les deux effractions que nous avions commises avec Joey. Il retroussa les lèvres, signe chez lui d'une intense activité intellectuelle. Je m'attendais à un sermon pour m'être mêlée de ce qui ne me regardait pas. Et, pire, pour avoir bossé sur une affaire qui ne nous rapportait pas un rond. Il me regarda longuement, me détaillant de bas en haut. J'étais nickel. Il hocha la tête.

– Il y a quelque chose que je peux faire ?
– T'occuper de Des Murray.
– Tu sais que tu peux être accusée d'obstruction à la justice, ajouta-t-il.

Ses réflexes de policier, même à la retraite, refaisaient surface.

– Je n'ai encore rien de probant, rétorquai-je. Si je vais au commissariat maintenant, ils vont me rire au nez. Tu sais que Des Murray me déteste.
– Il faudra bien que tu te décides à le rencontrer.
– Je pense que j'aurai du nouveau dès demain.
– Demain, dernier délai. Je ne suis pas certain de pouvoir retenir le fauve plus longtemps. On se donne rendez-vous au poste à cinq heures. D'accord ?
– Ça me va.

Pas de sermon ! C'était la première fois que Tony acceptait de me couvrir, qu'il me faisait confiance. D'habitude, il se rangeait toujours du côté des autorités.

Inutile de chercher à comprendre. Le moment était historique. Il se remit à taper sur son clavier en marmonnant dans sa barbe. Je décidai de ne pas m'attarder.

Je laissai ma voiture à Stratford et pris le métro jusqu'au London Hospital. Devant la station, il y avait une douzaine de stands où l'on vendait de tout. Des fruits exotiques, des fleurs, mais aussi des fripes, des disques ou des accessoires domestiques. Je m'arrêtai devant un fleuriste et achetai des marguerites.

Je restai un moment à regarder le bâtiment de l'autre côté de la rue. Il n'y a pas si longtemps j'étais venue consoler Heather après sa fausse couche. Je me demandai comment elle allait. Elle paraissait si abattue quand je l'avais quittée.

Elle n'avait pas voulu de l'enfant, au début. Inspecteur Heather Warren, étoile montante de la police, et mère célibataire...

Et s'il n'y avait pas eu cet accident malheureux ? Je ne pus m'empêcher de sourire en imaginant Heather dans sa voiture de service avec le marmot à côté d'elle, sanglé dans son siège. Elle aurait tenu ses briefings dans la grande salle avec le petit dans les bras, décrivant en détail un meurtre abominable. De la folie douce.

Peut-être pas. Heather était une femme de caractère. Elle aurait su aménager son temps, ses horaires. Elle n'aurait pas tardé à faire l'objet d'un article dans la presse locale. *Mère et policier. Elle élève seule son enfant.*

Pour l'instant, c'était Carly qui me préoccupait. Je me demandais dans quel état j'allais la trouver. Avait-elle repris conscience ? Je me dirigeai vers la réception. Une dame, la cinquantaine, tapait fébrilement sur son clavier d'ordinateur. Carly Dickens était dans l'aile St. John au cinquième étage.

En sortant de l'ascenseur, j'avisai deux infirmières dans le couloir. L'une d'elles m'indiqua un panneau sur le mur en face de moi. *Visites de midi à vingt heures.* Il était dix heures du matin.

– J'apporte simplement un bouquet, bredouillai-je.

Elle marmonna un truc incompréhensible avant de se détourner.

Je passai la tête dans cinq ou six chambres avant de tomber sur Carly Dickens. Elle était couchée sur le dos, une minerve autour du cou, le bras droit maintenu en l'air par un système de contrepoids.

Je m'avançai sur la pointe des pieds pour ne pas déranger les autres patients. Elle avait le visage tuméfié. Ses yeux étaient injectés de sang. Elle tourna la tête. Elle portait une sévère cicatrice au-dessus de l'oreille. Elle n'avait pas l'air très vaillante.

– Carly, murmurai-je en déposant les fleurs sur le plateau au pied du lit.

Elle mit un moment à repérer d'où venait la voix. Elle me fixa longtemps. Elle ne semblait pas me reconnaître.

– Carly, tu te souviens de moi ? Patsy. Je t'ai ramenée chez toi le soir de l'accident. Nous avons parlé de Kelly Ford.

– Je sais, gémit-elle. Qu'est-ce que vous me voulez ?

Je m'assis à son chevet malgré le ton peu engageant.

– Comment ça va ?

Elle se redressa péniblement sur son oreiller en grimaçant. Je remarquai une petite tache de sang sur la housse.

– Je n'ai jamais été aussi bien de ma vie, ironisa-t-elle.

– Que disent les médecins ?

– Pas grand-chose. Une épaule démise, une double fracture au bras, des contusions multiples, une dizaine de points de suture sur le crâne, deux dents fêlées. La routine. Dans deux jours, je reprends l'entraînement pour Wimbledon.

– Raconte-moi ce qui est arrivé.

— Je remontais l'allée pour rentrer chez moi, puis je me suis retrouvée avec une infirmière qui me prenait la température. J'avais très mal à la tête.

La malade, dans le lit d'à côté, feuilletait un magazine tout en regardant un petit poste de télé. Ce qui ne l'empêchait pas de jeter régulièrement des coups d'œil dans notre direction. Dans le couloir, la rumeur montait. C'était l'heure de la visite médicale. Je n'allais pas tarder à me faire virer.

— Je voudrais que tu m'en dises plus sur James Ford.

Elle me regarda, éberluée, comme si je venais de sortir une énormité. Elle se pencha vers sa table de nuit, attrapa un mouchoir en papier et s'essuya les yeux.

— J'ai failli mourir et vous ne pensez qu'à James Ford !

— C'est très important, Carly, insistai-je. Kelly a été tuée et toi tu t'es fait démolir par une voiture. Tu ne trouves pas ça bizarre ?

— La police dit qu'il s'agit d'un accident.

— Tu m'as expliqué ce soir-là que James n'aimait pas trop que tu fréquentes sa sœur. Tu peux préciser ?

Elle poussa un profond soupir.

— Vous perdez votre temps. Vous pensez que c'est James qui m'a foncé dans le lard ?

Je restai bouche cousue, préférant n'accuser personne.

— Vous êtes aussi persuadée que c'est lui qui a balancé Kelly dans le vide ?

Je ne pourrais rien en tirer en m'y prenant de cette façon. Elle répondait à chacune de mes questions par une autre question. Il fallait que je change de tactique.

— Tu savais que Liam Casey sortait avec Kelly ? embrayai-je. Elle vivait avec lui quand elle a été assassinée.

Carly resta immobile un court instant puis son visage se crispa douloureusement. Elle tourna la tête. Je crus apercevoir une larme couler le long de sa joue. Je ne me sentais pas très fière de moi.

– Pardon, murmurai-je. Je ne voulais pas te faire de peine.

– Ça va, reprit-elle en reniflant. C'est pas comme si Kelly était une nana loyale et tout. Il n'y a qu'à voir ce qu'elle a fait à Vince.

– Vous aviez rompu depuis longtemps avec Liam, continuai-je.

– Vous lui avez parlé ? Il sait ce qui m'est arrivé ? Que je suis à l'hôpital ?

Le ton avait changé. Plus de sarcasme ni d'ironie. C'était la première fois qu'elle paraissait intéressée par ce que je disais.

– Non, je ne lui ai pas dit, avouai-je en secouant la tête.

Elle ferma les yeux.

– Cassez-vous, murmura-t-elle. Je suis fatiguée.

– Carly, quelqu'un a essayé de t'éliminer. Tu t'en fiches ?

J'avais soufflé les derniers mots à la hâte. La petite troupe des médecins et des infirmières se rapprochait. Ils n'allaient pas tarder à débarquer. Trop tard. La fille de tout à l'heure me foudroya du regard. Je balbutiai une excuse et sortis de la pièce. Je ne suis pas certaine que Carly prêta la moindre attention à mon départ.

J'étais complètement déprimée dans l'ascenseur. Je n'avais rien appris de nouveau sur James. Il ne restait plus qu'à prier pour que Joey retrouve la voiture rouge.

Au fond de moi, je ne pouvais m'empêcher d'éprouver de la sympathie pour la fille rousse qui gisait là-haut sur son lit de douleur.

Elle n'avait pas répondu quand je lui avais demandé si elle était au courant pour Kelly et Liam. Elle avait chargé Kelly, sans toutefois répondre à ma question. Elle avait eu l'air tendue, elle avait failli éclater en sanglots, mais à aucun moment elle n'avait manifesté de surprise. Elle ne s'était pas récriée : « *C'est une vanne ! Je ne vous crois pas ! Liam et Kelly ! C'est impossible !* »

Elle savait déjà.

Comment ? Mystère. Elle les avait peut-être croisés dans la rue, main dans la main, en train de s'embrasser ?

Je remuais toutes ces pensées en descendant les marches du métro.

16

Plaintes

C'était la révolution à l'agence quand j'arrivai.

Tony était debout devant mon bureau avec deux femmes. L'une d'elles était Mme Ford.

– Qu'est-ce qui se passe ? m'étonnai-je.

– C'est la fille qui n'arrête pas de nous persécuter, s'exclama Mme Ford en me désignant d'un index accusateur.

Elle tremblait légèrement. Son visage était rouge de colère.

Elle était accompagnée de Moira, la jeune femme de l'association Aide aux Victimes. Elle tenait Mme Ford par le bras et lui murmurait des choses à l'oreille. Tony ne savait plus où se mettre.

– Madame Ford, essayez de vous calmer. Je suis persuadé que mon assistante, Mlle Kelly, n'avait aucune intention de vous nuire. Ni à vous ni à votre fils.

– Elle est venue à la maison sous de faux prétextes ! s'écria-t-elle en s'agrippant à une chaise.

Elle devait avoir bu. Moira la fit gentiment asseoir. Elle gardait sa main sur l'épaule de Mme Ford, comme pour la rassurer.

– J'ai perdu ma fille et maintenant cette harpie harcèle mon fils.

– Maureen, vous n'avez pas le droit de dire des choses pareilles, intervint Moira.

– Nous pourrions continuer cette discussion devant une tasse de thé, proposa mon oncle.

– Elle m'a posé des questions, vous savez. Pendant que James était absent. « *Est-ce qu'il était proche de sa sœur ?* », par exemple. Elle m'a vraiment prise pour une idiote !

– Pardon, madame Ford, mais j'étais venue voir James à sa demande. Je ne voulais pas vous offenser.

Ses yeux s'embuèrent.

– Ma fille est morte, gémit-elle avant d'éclater en sanglots.

Moira se pencha vers elle et lui caressa les cheveux. Tony tordait méthodiquement des trombones. Je me sentais désemparée.

– Je prépare le thé, proposai-je en m'éclipsant dans la cuisine.

Peu de temps après, nous étions installés dans le bureau de Tony. Une assiette de biscuits que personne n'avait osé entamer trônait sur une chaise. Tony avait rappelé combien nous avions été bouleversés en apprenant la mort de Kelly. Moira ne cessait de réconforter Mme Ford avec beaucoup de douceur. Elle faisait un boulot formidable. L'association Aides aux Victimes était essentiellement composée de bénévoles ; des volontaires, comme Billy, qui s'enrôlaient pour secourir leur prochain. J'eus un pincement au cœur en repensant à la lettre qu'il m'avait envoyée. J'avais honte de ma conduite avec Joey. Il fallait que je rectifie le tir.

— Madame Ford, repris-je, je n'ai fait que répondre à un appel de James. Je suis passée chez vous pour écouter ce qu'il avait à me dire.

Son visage était plus apaisé. Elle tenait sa tasse à la main et me regardait fixement.

— Il m'avait demandé de l'aider ! continuai-je en me tournant vers Moira.

— C'est vrai, Maureen, renchérit Moira.

— Je sais, pleurnicha Mme Ford. Mais j'ai cru que vous étiez une de ses amies. Autrement, je n'aurais jamais parlé de... sa... de notre vie. Surtout de ses liens avec Kelly. Pas du tout.

— Je suis désolée. C'est un malentendu. Plusieurs personnes avaient évoqué l'amour euh... exclusif... que James vouait à sa sœur. Je voulais savoir si elles n'avaient pas exagéré.

— Quelles personnes ? demanda Mme Ford d'une voix soudain tranchante.

— J'aurais volontiers répondu à James s'il avait été là. Je n'avais aucune intention de le prendre en traître...

Je me défendais comme je pouvais. Je ne voulais pas la froisser davantage. Tony ne la quittait pas des yeux.

— Je sais ! s'exclama-t-elle en posant bruyamment sa tasse sur sa soucoupe. C'est cette garce de Carly Dickens. C'est elle qui vous a raconté ces monstruosités ! Cette fille est une vraie peste !

— Que voulez-vous dire ?

— Je ne m'étais pas trompée, Moira, tu vois. Carly nous cherche des histoires. J'ai bien fait de ne pas en parler à James. Je ne voulais pas l'inquiéter...

Moira détourna la tête. Elle semblait vouloir se tenir à l'écart de cette querelle. Elle devait rester neutre. Ça faisait partie de son job.

— James vous a expliqué que Kelly était terrorisée ces

derniers temps ? reprit Mme Ford. Qu'elle avait les nerfs à fleur de peau ?

– Oui.

– Vous savez, c'est Carly qui passait les coups de téléphone anonymes. Nous n'étions jamais à la maison quand ils se produisaient. Nous avions même fini par croire que c'était une invention de Kelly. Puis un jour, je suis rentrée plus tôt que d'habitude. Ma Kelly était dans tous ses états. Il y avait eu un nouvel appel J'ai demandé les renseignements. J'ai insisté, menacé de porter plainte. Ils m'ont donné le numéro.

Elle fit une courte pause. Moira continuait de regarder ailleurs. Elle devait avoir entendu cette histoire des centaines de fois.

– J'ai composé les onze chiffres. La personne à l'autre bout du fil m'a répondu que j'étais au MacDonald's de Stratford.

Mme Ford nous dévisageait triomphalement, comme si elle venait de marquer un point décisif.

– C'est une accusation très grave. Vous êtes certaine de ce que vous avancez ? demandai-je.

– Oui.

– Vous en avez parlé avec Carly ?

– Elle a tout nié en bloc. Vous espériez quoi ?

– Vous n'êtes pas allée à la police ?

– Kelly ne voulait pas. Nous n'avions aucune preuve.

– Vous n'avez rien dit, intervint Tony. Même après la mort de Kelly ?

– Je ne me souviens plus. J'étais bouleversée. Terriblement...

Mme Ford se prit la tête entre les mains. Moira se pencha vers elle.

– Je suis désolée, m'excusai-je. Honnêtement, je ne voulais pas vous peiner.

Mme Ford hocha la tête. Elle paraissait plus détendue. Elle était soulagée d'avoir vidé son sac.

– On devrait y aller, Maureen. Nous avons pas mal de chemin, murmura Moira.

Je m'avançai pour l'aider à se relever. Je fus surprise par la maigreur de son bras. Elle empestait l'alcool.

– Je vous raccompagne, proposai-je.

Tony poussa un soupir de soulagement.

– Tout est arrangé, dit-il en s'envoyant deux biscuits d'un seul coup.

Une fois dans la rue, je ne résistai pas à la tentation de poser une dernière question à Mme Ford. Nous n'aurions pas l'occasion de nous revoir avant longtemps. Tant pis si elle m'envoyait sur les roses. Je profitai de ce que Moira marchait devant nous.

– Est-ce que James a une voiture ? demandai-je, l'air de rien.

Elle ne réagit pas tout de suite. Je crus qu'elle ne m'avait pas entendue. Je m'apprêtais à répéter ma question quand elle m'agrippa la main.

– Laissez mon James en dehors de tout ça. Non, il n'a pas d'auto. Pour quoi faire ?

Moira se retourna et haussa les épaules. Mme Ford me foudroya du regard puis la rejoignit. Elles s'arrêtèrent devant un coupé rouge garé le long du trottoir.

Un coupé rouge. Je restai un instant interdite. Mme Ford ouvrit la portière côté passager. Moira me regardait avec étonnement comme si elle attendait une explication de ma part. Mme Ford arborait un visage sans expression. Je fis le tour de la voiture. Aucune trace de choc sur le capot. Les pneus étaient en parfait état.

– Quelque chose ne va pas ? s'inquiéta Moira.

Je remarquai qu'elle tenait un trousseau de clés à la main. Ce devait être son véhicule ou celui de l'association.

– Non, non, tout va bien, marmonnai-je.

J'attendis qu'elles disparaissent avant de rentrer. Deux autres voitures du même modèle et de la même couleur passèrent alors que je regagnai l'agence. J'avais été stupide.

Il y avait probablement des milliers de coupés rouges à Londres.

J'étais à peine de retour au bureau, que mon portable se mit à sonner. Je fouillai fébrilement dans mon sac. Tony s'était remis à son clavier dans la pièce d'à côté.

– Patsy Kelly ? demanda une voix d'homme.
– Oui.
– Liam Casey.
– Salut ! Je suis contente que tu m'appelles.

Je lui avais laissé mon numéro sans me faire trop d'illusions. Je ne pensais pas qu'il téléphonerait.

– J'entends mal, reprit-il.
– Je suis là, Liam. Il y a de la friture sur la ligne.

Je m'approchai de la fenêtre, espérant que la communication serait meilleure.

– Tu m'as demandé qui était au parfum pour le squat.
– Oui.
– Carly savait. Elle était passée me voir une fois, après notre rupture. Elle avait besoin de parler. Je l'avais ramenée à l'appart. Ça remonte à... trois... qua... mois. J'avais... ou... la der... fois...

Ça grésillait de nouveau.

– Je ne comprends rien ! hurlai-je.

La communication fut coupée. Je secouai rageusement le combiné. Je ne pouvais pas rappeler Liam. Quelle poisse !

Je revins à ma place, surexcitée. J'avais l'impression que les choses commençaient à bouger. Carly Dickens savait que Liam vivait à Huxley Point. Elle m'avait menti.

Elle était au courant pour Kelly et Liam. C'était elle qui passait les coups de fil anonymes. Quand Kelly avait quitté le domicile maternel, elle devait se douter qu'elle était allée rejoindre Liam dans son squat.

En résumé, Carly était la seule personne, à part Liam, à connaître la planque de Kelly dans les jours qui avaient précédé sa mort.

Il devenait urgent de vérifier son alibi de plus près.

17

La voiture rouge

– Si seulement nous connaissions l'emploi du temps de Carly Dickens le jour de la mort de Kelly Ford.

Je regardais Tony dans les yeux. Nous avions reparlé de l'affaire après le départ de Mme Ford. Notre principal problème était le manque d'informations. Toutes les données sur l'enquête étaient conservées au commissariat.

Tony avait longtemps travaillé dans la police avant d'ouvrir son agence de détective privé. Il avait encore pas mal de copains dans le milieu. Il pouvait se procurer des documents auxquels il n'était pas censé avoir accès.

– Je me sentirai plus sûre de moi pour affronter Des Murray. Il est important que je sache si Carly a un alibi.

– D'accord, reprit-il en s'étirant. Je vais passer au pub. Je trouverai bien un pote pour me rendre ce petit service.

Je n'arrivais pas à croire que Tony eût changé à ce point. Il devait avoir quelque chose à me demander pour se montrer si aimable. Il n'avait pas pipé. Il chantonnait en se dirigeant vers la porte.

C'est alors que je percutai. Il était simplement heureux.

Après des mois passés devant son ordinateur, je venais de lui servir sur un plateau l'occasion de renouer avec ses anciens amis. Il devait commencer à en avoir par-dessus la tête de batailler avec le virtuel. Il avait besoin de retrouver le monde réel. Je ne savais pas encore si c'était une bonne ou une mauvaise nouvelle. En tout cas, c'était sympa qu'il me file un coup de main.

Je consultai ma montre. Il était trois heures. Joey n'avait toujours pas appelé. Il n'avait pas dû réussir à localiser la voiture. Je me demandais ce qu'il pensait de notre baiser de la nuit dernière. Est-ce qu'il envisageait de poursuivre ? Il fallait que je lui parle. Je ne voulais pas continuer. Je me sentais minable ; comme quelqu'un qui offre un cadeau et vient le reprendre le lendemain.

L'affaire avait progressé mais il restait encore beaucoup d'éléments à vérifier. J'avais l'impression de faire les choses à moitié. Pourquoi la vie n'était-elle pas plus simple ?

Je commençai par ranger mon bureau. Un peu de travail routinier me ferait le plus grand bien. Je classai quelques factures, triai des papiers. J'y voyais déjà plus clair. Je pris ensuite deux feuilles vierges. En haut de la première, je notai *Voiture rouge*. En titre de la seconde, *Carly Dickens*. Puis j'inscrivis tout ce que je savais sous les deux rubriques.

Je comparai les deux textes.

Au début, quand Carly s'était fait renverser, j'avais pensé qu'il s'agissait du même meurtrier que celui qui avait poussé Kelly dans le vide. James Ford était le suspect idéal. Obsédé et jaloux, il avait décidé d'éliminer Carly pour l'empêcher de parler. Manquait la voiture rouge.

Après la rencontre avec Liam Casey, mon analyse avait pris une tout autre direction. Une énorme flèche en néon désignait Carly Dickens... Elle avait perdu Liam qui était parti avec Kelly. Carly s'était vengée au téléphone et elle connaissait la cachette de Kelly.

Je repris la page *Voiture rouge*. Délit de fuite ? Ça ne collait pas. L'hypothèse d'un chauffard « occasionnel » était à exclure. Sans compter que le coupé rouge que j'avais vu dans le box de James Ford avait disparu. Mais s'agissait-il vraiment du garage de James ? Aucune certitude...

Je pris mon stylo et barrai le tout.

En résumé, je me retrouvai avec Carly à la croisée de toutes les pistes et un mystérieux accident sans relation directe avec le reste de l'affaire.

Je fus tirée de mes pensées par des bruits de pas dans l'escalier. Une seconde plus tard, la porte s'ouvrait en grand. Joey Hooper se tenait sur le seuil. Il était en jean, la chemise hors du pantalon. Je lui souris timidement. J'étais à la fois gênée et contente de le revoir. Lui, en revanche, paraissait radieux, comme s'il venait de toucher le gros lot.

– C'est là que tu travailles ! s'exclama-t-il en pénétrant dans la pièce.

– Tu n'étais jamais venu avant ? m'étonnai-je. Tu as du nouveau ?

Il s'assit sur le bord du bureau et me regarda droit dans les yeux.

– J'ai fait du bon boulot, répondit-il.

Je frissonnai. Il parlait de l'enquête mais quelque chose en moi ne pouvait s'empêcher de penser à ce qui s'était passé la veille au soir. Je baissai la tête.

– J'ai suivi James, reprit-il. Il est allé se balader le long de la rivière Lea. Dans la zone industrielle désaffectée.

Je connaissais le coin. J'avais failli y perdre la vie dans une histoire de double meurtre. Ce n'était pas un excellent souvenir.

— Quelques entrepôts ont été transformés en ateliers : cuisines sur mesure, menuiseries, réparation automobile... Tu vois le genre ?

J'acquiesçai, curieuse de connaître la suite.

— Attends, je vais reprendre au début. Le petit gars James est sorti à l'heure du déjeuner et je l'ai filé discrètement. Il se retournait souvent. Le genre méfiant. Mais je suis très doué à ce petit jeu. Tu dois sûrement t'en souvenir.

En effet. A l'époque de notre première rencontre, Joey avait réussi à suivre l'un des types qui avaient tué son frère sans se faire repérer. Moi, je m'étais montrée nettement moins brillante.

Passons.

— Il m'a trimballé pendant une bonne heure. Style : monter et descendre la même rue, changer de direction au dernier moment. Puis il s'est arrêté. Je l'ai dépassé. Je me suis retourné quelques mètres plus loin. Devine. Il ouvrait la portière d'un coupé rouge.

Je restai d'abord muette. Toute ma théorie s'effondrait. James revenait en force sur le devant de la scène.

— Tu ne sautes pas de joie ! s'étonna Joey.

— C'est tout intérieur, répondis-je en levant le pouce.

Il fallait que je revoie la distribution des rôles. James Ford était à nouveau l'un des principaux suspects.

Un peu plus tard, attablés à la pizzeria près de l'agence, Joey reprit toute l'histoire en détail. Je m'étais remise de mes émotions et lui posais toutes les questions qui me paraissaient importantes.

— Il s'est installé au volant. Il y est resté cinq bonnes minutes. Je m'étais planqué dans un renfoncement de porte. Je n'étais pas vraiment en position de continuer la filature...

J'éclatai de rire. J'imaginais Joey courant derrière l'auto jusqu'à s'effondrer d'épuisement sur le bitume. Il me jeta un regard indulgent puis continua.

— Il a déboîté lentement puis fait un demi-tour. Ensuite il s'est engagé dans une des rues adjacentes. Il est entré sous un grand porche. Un genre de casse. Tu sais, ils récupèrent les pièces de bagnoles encore valables et compressent le reste.

Je connaissais. Billy m'y avait traîné des dizaines de fois.

— Tu es allé voir ?

— Non, j'en avais déjà trop demandé à ma bonne étoile. Je ne voulais pas me retrouver nez à nez avec James. Je compte y repasser demain matin pour me rencarder sur ce qu'il a fait de la voiture. Je t'appelle après.

Il resta silencieux. Il m'avait fait son rapport. C'était à mon tour. Je lui proposai un morceau de mon gâteau au chocolat mais il refusa d'un signe de tête.

— Et toi ? Tu as découvert quelque chose ? embraya-t-il.

J'évoquai la visite de Mme Ford et sa révélation sur l'auteur des coups de téléphone anonymes que recevait Kelly. Dans la foulée, je lui expliquai que Tony avait décidé de m'aider. Il était en ce moment même avec ses anciens copains de la police pour leur tirer les vers du nez. Je n'oubliai pas l'appel de Liam.

Il paraissait très calme tandis que je parlais. En vérité, j'essayais de noyer le poisson. Je savais que je ne pourrais pas repousser indéfiniment le sujet brûlant de l'avenir de notre relation. Tout en revenant sur la curieuse personnalité de Carly Dickens, je cherchais la meilleure formule pour aborder la question. *« Je suis désolée, Joey, mais j'aime Billy »*, ou plutôt :*« Je suis prise, Joey. Il n'y a pas de place pour toi dans ma vie.* » Ça sonnait un peu dur et je commençais à paniquer.

Grâce au ciel, c'est lui qui prit les devants dès que j'eus fini mon topo.
– Patsy.
– Oui ?

Il n'avait pas écouté un traître mot de ce que je venais de dire. Lui aussi semblait avoir préparé son speech.
– A propos d'hier soir. Je ne critique pas, c'était super. Mais je ne suis pas prêt pour me lancer dans une histoire. Ça ne fait pas si longtemps que Paul est mort. Je viens de sortir de prison. C'est trop tôt.

Je devais avoir l'air effondrée, la bouche grande ouverte, l'œil embué, parce que ses traits se crispèrent subitement.
– Ça n'a rien à voir avec toi, s'empressa-t-il d'ajouter. Tu es une fille formidable. C'est juste que ce n'est pas le moment. Tu comprends ?

Il posa sa main sur la mienne. Je baissai les yeux. Sa peau noire sur la mienne. Nos doigts s'entrelacèrent. Il m'expliquait qu'il ne voulait pas poursuivre.
– D'accord, dis-je. Je comprends. C'est O.K. pour moi.

J'aurais dû me sentir libérée, heureuse, mais curieusement, je ne l'étais pas.

Qu'on ne se trompe pas sur mes intentions. C'était ce que je voulais. Je me sortais d'une situation difficile. Le baiser n'avait été qu'un moment d'égarement. N'empêche que je me sentais vidée, morose. Je passai le reste du repas à mastiquer inlassablement les dernières bouchées de gâteau, un vague sourire plaqué sur le visage.

Quand nous nous retrouvâmes dans la rue, Joey m'embrassa fraternellement sur la joue. Les choses étaient redevenues comme avant. Alors pourquoi ce sentiment de tristesse qui m'envahissait ?

Quand je rentrai à la maison, maman et Gerry étaient

sortis. La maison était étrangement calme. Je m'assis sur les marches et posai mon sac à mes pieds. Le téléphone sonna. J'avais la flemme de répondre. Je me forçai à décrocher. C'était Tony sur fond de brouhaha.

– Un de mes copains a ressorti le dossier. Carly Dickens n'a jamais été considérée comme un suspect. Personne ne s'est inquiété de vérifier son alibi. Elle s'est contentée de dire qu'elle avait fait du shopping après son boulot et on l'a cru.

– Bien, répliquai-je sans conviction.

Nous n'étions pas plus avancés.

– Des Murray a déboulé il y a une demi-heure. Il veut te voir demain matin. Je lui ai dit que tu étais patraque.

– D'accord.

Je me demandai si je n'étais pas en train de craquer. Tout m'était devenu indifférent. Les victimes, les meurtriers, les coupés rouges.

Je réalisai subitement qu'il n'y avait plus personne en ligne. Mon oncle avait raccroché sans que j'y prête attention. Je reposai le combiné et montai me coucher.

18

Arrestation

Je passai une nuit agitée et partis au bureau de bonne heure. Tony n'était pas encore arrivé. Je le soupçonnais d'avoir fait la fête avec ses potes une partie de la soirée. L'endroit paraissait étrangement vide sans lui. Pas de bruit de clavier, de chanson fredonnée, de bouilloire sur le feu ; rien que la rumeur de la circulation à l'extérieur.

Honnêtement, il me manquait. Même si nous n'avions

pas toujours cohabité en paix, sa présence me rassurait. Elle m'empêchait de ruminer. J'étais obligée de me concentrer sur le boulot, d'être positive.

Je me forçai à écarter Billy et Joey Hooper de mes pensées pour revenir sur l'enquête. J'avais échafaudé deux hypothèses mais aucune ne me satisfaisait pleinement.

James était amoureux de sa demi-sœur ; il la suivait partout et dormait avec des vêtements à elle sous son oreiller. Avait-il été plus loin ? Kelly aurait quitté la maison pour fuir son frère ? C'est ce que Liam avait laissé entendre. Elle fuyait James. Avait-il essayé de l'embrasser, de la caresser ? James, pris de panique, avait décidé de la faire taire.

Quant à Carly Dickens, James avait voulu l'éliminer parce qu'il pensait que Kelly lui avait fait des confidences. Par ailleurs, à part Liam, seule Carly connaissait la planque de Huxley Point. Donc, logiquement, c'était elle qui en avait révélé l'existence à James.

Dans ce cas, quels étaient les liens entre Carly et James ?

Reprenons. Carly en voulait à Kelly de lui avoir pris Liam. Elle avait harcelé son ex-copine au téléphone. Elle s'était peut-être rapprochée de James, lui révélant la cachette de Kelly et ce qu'elle savait de ses relations avec Liam. Il n'était pas impossible qu'elle ait manipulé James pour qu'il tue sa sœur.

Je pris une feuille de papier et mis tout à plat. Ma théorie expliquait pas mal de choses. En particulier le fait que James ait décidé de se débarrasser de Carly. Elle en savait trop et il s'était senti piégé.

Si seulement je pouvais en apprendre plus sur ce qui avait contraint Kelly à fuir James. C'était la clé de l'énigme. Je ne connaissais qu'une seule personne capable de m'informer : Maureen Ford.

Je sortis mon portable. Il était neuf heures du matin.

Trop tôt. Accepterait-elle seulement de me parler ? Je la revoyais, assise dans le coupé rouge à côté de la fille de l'association. Elle m'enverrait promener dès que j'évoquerais James. J'étais persuadée qu'elle ne m'avait pas dit tout ce qu'elle savait.

Le téléphone sonna. Je sursautai. Ce devait être Joey à propos de la voiture. Mais Joey appelait toujours sur le mobile. Je laissai le répondeur. C'était une voix d'homme.

– Ici Des Murray. Je cherche à joindre Patsy Kelly. Si elle ne se présente pas au commissariat dans une heure, elle pourrait bien le regretter.

Il me menaçait ? Tony avait convenu d'un rendez-vous, ça ne lui suffisait pas ?

Je repensai à Maureen Ford. Je cherchai une bonne entrée en matière pour désamorcer son hostilité. A moins que je ne trouve quelqu'un pour lui faire entendre raison. Moira ! Elle passait beaucoup de temps en sa compagnie. Elles semblaient très proches l'une de l'autre. De plus, ce genre d'association travaillait toujours étroitement avec la police. Elle comprendrait facilement mon point de vue.

Je pris l'annuaire et cherchai le numéro. Une femme me répondit.

– Association Aide aux Victimes. Section de Stratford. Que puis-je pour vous ?

– Bonjour. Je voudrais entrer en contact avec une de vos bénévoles. Elle travaille en ce moment pour une de mes clientes. Je ne connais que son prénom. Moira.

Je parlais à toute vitesse pour ne pas lui laisser le temps de réfléchir. Raté.

– Qui êtes-vous ? demanda-t-elle.

– Je suis détective privée chez Anthony Hamer. Nous enquêtons sur une affaire.

– Je suis désolée. Nous ne communiquons les coordonnées de nos collaborateurs qu'à la police.

– Je peux lui laisser un message ? Demandez-lui de me rappeler. Vous n'enfreignez pas le règlement.

J'avais légèrement élevé la voix sur la dernière phrase pour la mettre sous pression. Elle réagit au quart de tour.

– Le problème, c'est que je ne connais aucune Moira.
– Oh !
– Remarquez, j'ai été absente ces deux dernières semaines. Elle vient peut-être d'un autre secteur ; Towers Hamlets, Leytonstone, Walthamstow. Vous devriez essayer. Je vous donne les différents numéros.

Je pris note, remerciai mon interlocutrice, qui avait été plus loquace que prévu, et raccrochai.

J'appelai les trois autres centres. Personne ne connaissait de Moira. C'était troublant. Un des types de Walthamstow me promit de vérifier si elle ne travaillait pas en freelance. Ça arrivait. Des employées des services sociaux suivaient parfois certains cas « intéressants » en dehors de leur boulot.

Il ne me restait plus qu'à attendre. Il était dix heures dix et toujours aucun signe de Tony. Il devait traîner une belle gueule de bois. Je décidai de répondre à Billy. Je branchai l'ordinateur et créai un fichier : BILLYLET. Je commençai ma lettre.

Cher Billy. J'ai bien reçu ton courrier. Tu me manques aussi affreusement.

Je continuai dans la foulée en lui disant combien je pensais à lui. Je me languissais, j'espérais ardemment son retour... Un problème en me relisant. Je n'avais pas utilisé le mot « amour » une seule fois. J'effaçai tout. Ça manquait de naturel.

Je repris au début mais cette fois-ci j'attaquais sur l'enquête en cours et la façon dont les événements s'accéléraient. Je mentionnai même, sans m'étendre, ma rencontre avec Joey Hooper.

Je fus interrompue dans mon élan par une sirène de police. La voiture paraissait s'être arrêtée au bas de l'immeuble. Je me levai pour regarder par la fenêtre. Elle était garée juste au coin de la rue. Je me demandais ce qui se passait quand j'entendis des bruits de pas dans l'escalier. La porte s'ouvrit brusquement et deux agents apparurent sur le seuil. Deux hommes. Le plus âgé aurait pu être mon père. L'autre semblait tout juste sorti de l'école.

– Patricia Kelly ? dit l'ancien.

J'acquiesçai. J'étais surprise de les voir débarquer. Il devait être arrivé quelque chose à maman. Ce fut ma première pensée, mais j'écartai rapidement cette hypothèse. Ils avançaient en territoire conquis. Le plus jeune me jaugeait des pieds à la tête d'un air soupçonneux.

– L'inspecteur Des Murray souhaite votre concours dans une histoire très délicate, attaqua-t-il en jetant un coup d'œil en coin à son collègue.

– Il pouvait me téléphoner, répondis-je en me massant nerveusement la nuque.

– Si vous refusez de nous suivre, nous serons contraints de vous mettre en état d'arrestation.

– Pour quel motif ?

– Entrave à la justice, intervint pépé, souriant d'une oreille à l'autre.

– Rétention de preuves dans une affaire de meurtre, reprit bébé en ajustant sa veste d'uniforme.

C'était une blague. Des Murray voulait marquer le coup. Je revins vers mon ordinateur et sauvegardai la lettre pour Billy. Je ramassai mon sac, folle de rage.

– D'accord, les mecs, on la joue à la dure. Mais pas de coups bas...

J'avais sorti ça d'une voix lasse, façon polar des années soixante. C'est tout juste si je ne levais pas les mains en l'air comme si j'étais menacée par une armada de flics armés jusqu'aux dents. Le poupon ouvrit des yeux ronds puis prit un air renfrogné. L'ancêtre se racla la gorge à deux ou trois reprises en me désignant la porte de la main.

– On ne fait que notre boulot, mademoiselle Kelly. Par ici, s'il vous plaît.

Des Murray m'attendait dans la pièce aux interrogatoires. Il fumait une cigarette tout en plaisantant avec une de ses collègues.

– Suis-je en état d'arrestation ? lançai-je en me laissant tomber sur une chaise.

– Rien de définitif.

– Vous n'avez pas d'autre distraction que d'ennuyer d'honnêtes citoyens ?

– Qu'est-ce que vous combiniez avec Carly Dickens le soir où elle a été renversée ? aboya-t-il. Pourquoi n'êtes-vous pas venue faire une déposition ?

Il était menaçant. Je me calai sur ma chaise et croisai les bras. De quel droit me parlait-il sur ce ton ?

– Vous n'avez rien à répondre ? ajouta-t-il.

A la vérité, je ne savais pas trop quoi raconter. M'excuser ? C'était reconnaître ma faute. Le remède serait pire que le mal. J'avais eu tort de ne pas venir témoigner spontanément. Je l'aurais fait avec Heather. Mais je ne supportais vraiment pas Des Murray et ses airs suffisants. Je regardai le magnéto qui était posé sur la table. Il n'y avait pas de K7 à l'intérieur. Ce n'était même pas un véritable interrogatoire.

– J'ai le droit de garder le silence, répliquai-je calmement.

Des Murray esquissa un petit sourire sardonique.
– O.K., mademoiselle Kelly. Vous avez le choix. Vous pouvez suivre cet agent jusqu'à l'une de nos cellules. Le temps que je finisse ce que j'ai en cours. Si vous changez d'avis, dites-le au gardien. Il me préviendra par radio. Il est possible que je ne sois plus disponible à ce moment-là. Vous devrez patienter quelques heures.

Il se dirigea vers la porte. L'agent, une femme, me fit signe de la suivre. Je fus prise de panique. J'étais allée trop loin.

– Attendez, attendez, je vais tout vous dire, balbutiai-je. Je comptais passer de toute façon. Sincèrement Des. Il fallait que je vérifie certains points. Tout à l'heure, j'étais simplement fâchée d'avoir été emmenée au commissariat comme une moins que rien. Je vais vous raconter ce que je sais. Dans les moindres détails.

Je n'en menais pas large.

Des Murray s'était arrêté sur le seuil. Il fit un geste en direction de sa collaboratrice qui prit une chaise et s'installa à la table. Elle sortit un bloc et un stylo du tiroir.

– Pas d'embrouille, mademoiselle Kelly. Je veux tout savoir. Et je vous conseille de ne pas essayer de jouer au plus malin. Compris ?

J'acquiesçai.

– Et ne m'appelez pas Des. Mon nom c'est Murray, ajouta-t-il en tirant une cigarette de son paquet. Monsieur Murray.

Je commençai au début, en insistant particulièrement sur le fait que je m'étais retrouvée embringuée dans cette histoire contre ma volonté. Je revins sur le contenu des K7 visionnées chez Heather, l'enregistrement que m'avait apporté James. Je lui rappelai qu'à l'époque il s'orientait sur un suicide. L'affaire était sur le point d'être classée d'où la démarche du frère de la victime.

Je décrivis la nuit de l'accident de Carly. Je n'étais pas le seul témoin à avoir vu la voiture rouge. Ce qui expliquait que je ne m'étais pas précipitée au poste pour faire ma déclaration.

Il m'écoutait sans broncher, fumant cigarette sur cigarette. De temps à autre, il m'envoyait la fumée en pleine figure. La fille continuait à prendre des notes.

Des Murray parut plus intéressé quand j'abordai la découverte du squat à Huxley Point et les relations qu'entretenaient Kelly Ford et Liam Casey. Je vis que la femme soulignait ces deux derniers points. J'en conclus qu'ils n'étaient pas au courant. Je poursuivis en révélant que Carly était l'auteur des coups de téléphone anonymes que recevait Kelly. Elle connaissait en outre la planque de Liam dans la tour.

Je parlai du coupé rouge aperçu dans le garage de James puis de sa disparition.

– Pourquoi vous n'êtes pas venue nous trouver à ce moment-là ? intervint Des Murray en écrasant rageusement son mégot dans le cendrier. Vous ne pouviez pas ignorer que nous recherchions cette voiture. L'enquête aurait été relancée.

Il était furieux et il avait raison. Mais je n'étais pas la seule responsable de cette situation absurde. Si seulement il s'était montré moins arrogant avec moi, nous n'aurions pas perdu tout ce temps. Pourquoi refusait-il de considérer ma position sous cet angle ?

Mon portable se mit à sonner dans mon sac. Il hocha la tête pour m'autoriser à répondre. C'était Joey Hooper. Il était haletant et excité comme une puce.

– J'ai retrouvé l'auto. Elle est chez BIG FRANK, la casse dont je t'ai parlé. Le propriétaire dit qu'il l'a achetée à un jeune type pour trois fois rien. Le mec a signé Jim Smith. Tu crois que c'est un faux nom ?

— Elle est toujours en un seul morceau ? demandai-je en soufflant « *coupé rouge* » à Des Murray.

— C'était moins une. Ils sont en train de la désosser. Ils en ont pour une heure, après ce ne sera plus qu'un petit cube de tôle.

— Tu as relevé des indices ? continuai-je en croisant les doigts.

Pourvu que ce fût bien la voiture qui avait renversé Carly Dickens.

— Une bosse sur le capot. Les pneus portent des traces de freinage violent.

— J'arrive immédiatement avec la police.

Je coupai la communication.

Des Murray était déjà debout.

— C'est le coupé ? Vous savez où il est, Patsy ?

— Dans un garage en bordure de la rivière Lea.

— Il n'y a pas une minute à perdre.

Il se dirigea vers la sortie sans ajouter un mot. J'attrapai mon sac et lui emboîtai le pas.

— Ne m'appelez pas Patsy. Mon nom c'est Kelly. Mademoiselle Kelly, dis-je en m'installant dans la voiture de patrouille.

Il éclata de rire et démarra sur les chapeaux de roues.

19

Pièce à conviction

Joey nous attendait devant chez BIG FRANK. Il parlait à un gros bonhomme en bleu de travail. Des Murray se précipita hors de la voiture et courut vers eux comme s'il intervenait sur une tentative de meurtre. Je le suivis d'un pas plus tranquille après avoir refermé la portière qu'il avait laissée ouverte.

– Inspecteur Murray, de la Criminelle. Il paraît que vous voulez soustraire un véhicule suspect à l'action de la justice.

Nous échangeâmes un regard amusé avec Joey. Pourquoi Murray ne disait-il jamais les choses simplement ? Big Frank semblait mal à l'aise.

– J'y suis pour rien, inspecteur, plaida-t-il. Je suis clean, moi. Je me suis rangé. J'ai appris la leçon...

Tout en parlant, Big Frank se frottait nerveusement la brioche. Le visage de Joey s'était durci. Je remarquai que Des ne le quittait pas des yeux.

– Il me semble que je vous connais, finit-il par dire.

Exact. C'était Des Murray qui avait arrêté Joey quelques mois auparavant. Joey était dans ses petits souliers. Il évitait le regard de Des. Je décidai d'intervenir.

– Ce n'est pas le moment de faire les présentations, lâchai-je. Où est le coupé ?

– Par là, répondit Big Frank. Le type voulait s'en débarrasser. C'était un vieux modèle. J'ai voulu lui rendre service. Je suis clean...

– A quoi ressemblait le vendeur ? demanda Des.

– Plutôt mince, d'après mes souvenirs. Brun, un peu courbé. J'ai pensé qu'il avait des problèmes de dos. Il avait pas l'air d'un voleur. Je m'y connais. Ça fait un moment que je fais ce business.

– Vous avez les papiers du véhicule ?

– Ecoutez, inspecteur, il ne les avait pas sur lui. Il a promis de me les apporter dans la semaine. Je lui ai donné qu'un acompte. La moitié...

Des Murray haussa les épaules et se dirigea dans la direction indiquée par Big Frank. La voiture était garée à côté de trois autres bagnoles vidées de tout ce qu'il y avait à récupérer et prêtes à être embouties. C'est ce qui serait arrivé au coupé de James si Joey ne l'avait retrouvé à temps.

— Mon fils allait s'y attaquer, reprit Big Frank, quand ce garçon nous a dit de pas y toucher. Une histoire de délit de fuite, y paraît. Vous voyez, j'hésite pas à coopérer avec la police. Même s'il y a deux ans...

Effectivement, le capot était enfoncé et les pneus sacrément endommagés.

— Ça devrait être facile de prouver que c'est l'auto qui a percuté Carly Dickens ? m'exclamai-je.

— Pas sûr, répondit Des. Elle a pu être nettoyée, parcourir des dizaines de kilomètres depuis l'accident. Il aurait fallu intervenir plus tôt...

J'ignorai l'allusion. Sans notre obstination, à Joey et à moi, le coupé ne serait plus qu'un cube de tôle à l'heure qu'il est.

— Le fait que James ait tenté de s'en débarrasser si discrètement peut aider à le coincer, non ? insistai-je.

— Sans doute, concéda Des.

Je me souvins alors des paroles de sa mère.

— Mme Ford m'a affirmé qu'il ne possédait pas de voiture.

— C'est peut-être vrai. Il peut l'avoir volée.

Des Murray se tourna vers Big Frank, qui baissa les yeux.

— Je pense pas, inspecteur, bredouilla Big Frank. C'est pas le genre de la maison. Pourquoi un mec prendrait des risques pour piquer une poubelle comme ça ?

Des Murray sortit un petit talkie-walkie de sa poche.

— Delta deux quatre, inspecteur Murray. Je suis dans une casse en bordure de la rivière Lea. J'ai besoin de renseignements sur le propriétaire d'une Peugeot 205, trois portes. Couleur rouge...

Big Frank paraissait se ratatiner à vue d'œil. Manifestement, il était dans ses petits souliers. Il s'était penché vers Joey et lui parlait à l'oreille. Je ne saisis que quelques bribes.

« *J'ai juste voulu lui rendre service... j'ai rien fait de mal... des risques pour un truc comme ça... c'est trop contrôlé maintenant... je suis en règle... deux ans...* »

La radio de Des Murray grésilla. Il s'éloigna de quelques pas pour écouter la réponse du central. Je regardai la voiture. Dire qu'elle m'avait foncé dessus. J'aurais aussi pu être renversée. La route était mouillée. Est-ce que c'était James qui conduisait ?

Des Murray revint vers nous.

– Elle n'appartient pas à James Ford, annonça-t-il en nous dévisageant tous les trois.

– Elle a été volée ? demandai-je.

Ça confirmait les dires de Mme Ford.

– Pas du tout. Elle est enregistrée sous le nom de Maureen Ford.

– Quand je vous disais que ce môme avait l'air honnête ! s'exclama Big Frank.

Aucun de nous ne releva.

James avait utilisé la voiture de sa mère pour essayer de supprimer Carly Dickens.

20

La police à l'œuvre

James Ford fut arrêté le lendemain. Sa mère l'accompagna au commissariat. Il refusa de répondre aux questions. Maureen Ford accusa la police de s'acharner sur son fils.

Il fut inculpé de tentative d'homicide volontaire sur la personne de Carly Dickens. Il ne fit aucun commentaire en prenant connaissance de l'acte d'accusation.

C'est Tony qui m'apprit tous ces détails. Il était au poste pour un tout autre motif quand les Ford arrivèrent. Il me raconta tout dès son retour à l'agence.

– Tu sais s'il est aussi accusé du meurtre de Kelly ? demandai-je.

– Non. Sa mère a affirmé qu'il était à la maison ce jour-là.

– Alors pourquoi a-t-il décidé d'éliminer Carly ? Ça n'a aucun sens !

– Deux inspecteurs se sont rendus au chevet de Carly Dickens pour l'interroger. Elle a reconnu être l'auteur des coups de fil anonymes mais elle a nié une quelconque implication dans la mort de Kelly. Son alibi n'est pas très solide. D'un autre côté, il n'y a aucune preuve qu'elle se soit rendue à Huxley Point le premier mai.

– On tourne en rond.

– Tu as quand même retrouvé la voiture. Sans toi...

– Sans nous ! Tu oublies Joey Hooper... intervins-je.

Je ne pus m'empêcher de jeter un regard de reproche à mon portable.

Après le départ de Des Murray, nous étions restés avec Joey chez BIG FRANK en attendant les gars de la fourrière. Nous étions heureux. Tout s'était passé à merveille. Nous assistâmes à l'enlèvement du coupé en souriant jusqu'aux oreilles.

Big Frank faisait plutôt la grimace.

– J'en suis de ma poche dans cette embrouille, gémissait-il. Voilà ce que c'est que de vouloir aider les gens. Je suis trop honnête.

Nous l'abandonnâmes à ses lamentations. J'avais laissé

ma Golf devant l'agence. Joey devait rentrer chez lui pour potasser ses cours en vue de son examen.

– Joey, je ne te remercierai jamais assez, dis-je en l'accompagnant à sa station.

– Ça m'a fait plaisir de te donner un coup de main, répondit-il alors que le bus tournait le coin de la rue.

Je réalisai brusquement que nous n'avions plus aucune raison de nous revoir. J'essayai désespérément de trouver quelque chose à proposer. Du genre : « *On pourrait se faire une toile un de ces soirs ? Un restau ?* » Au lieu de ça, je continuais à parler de l'enquête.

– J'espère qu'ils vont finir par coincer James pour le meurtre de sa sœur. Le dossier sera alors définitivement clos.

Il escaladait déjà la plate-forme.

– Je t'appelle ! lança-t-il.

Je regardai bêtement le bus disparaître dans la circulation. Le mien ne tarda pas à arriver. Je me sentais étrangement perdue. J'aurais préféré une séparation moins brutale. Un baiser sur la joue. Un truc de copains, quoi.

Etait-ce vraiment sûr ?

Au fond, c'était mieux comme ça. Billy ne devait rentrer que dans onze mois et une semaine, exactement. Mieux valait ne pas jouer avec le feu.

Tony continuait à me détailler sa visite au commissariat.

– A propos, Des Murray veut ta déposition pour l'histoire du box. Il demande aussi le témoignage de... C'est quoi son nom, déjà ?

– Joey.

– Oui. Il a besoin de tout ça pour son rapport. Il m'a chargé de te dire que si tu ne te présentes pas de toi-même cet après-midi, il t'envoie ses gars.

– Ce ne sera pas nécessaire.

Je décrochai le combiné en souriant et composai le

numéro de Joey. Ce n'était qu'une dernière formalité à accomplir...

N'empêche que je passai un bon quart d'heure dans le cabinet de toilette à me refaire une beauté.

J'allais partir quand le téléphone sonna.

– Patsy Kelly ? Centre de Walthamstow.

C'était une voix d'homme. Ce devait être au sujet de Moira, la mystérieuse bénévole qui accompagnait Mme Ford dans toutes ses démarches.

– Oui, répondis-je.

– Je vous rappelle comme convenu. Je n'ai pas réussi à identifier la personne que vous recherchez. Ce n'est pourtant pas un prénom courant.

– Je suis bien d'accord avec vous, répliquai-je impatiente de partir. Ecoutez, ça ne fait rien. Je vous remercie beaucoup.

Mais le type avait envie de poursuivre la conversation. Je n'avais pas d'autre choix que de l'écouter. Après tout, c'était moi qui lui avais demandé de se renseigner.

– Je suis remonté deux ans en arrière dans nos fichiers. Pas de free-lance non plus.

– C'est vraiment très gentil de votre part...

– Je suis pourtant tombé sur une Moira. Mais c'était une de nos adhérentes. Il y a six mois. Une jeune femme. Désolé. Essayez ailleurs.

– D'accord. Et merci encore.

Je raccrochai. Maintenant que l'affaire était entre les mains de la police, c'était à Des Murray de se débrouiller. Il n'avait qu'à voir avec Mme Ford. Ce n'était plus mon problème.

Des Murray nous installa, Joey et moi, dans son bureau et nous demanda un rapport détaillé sur les « événements dont nous avions été témoins ». Il fixa Joey avec insistance comme s'il essayait de se souvenir où il l'avait déjà vu. Joey soutint son regard jusqu'à ce qu'il quitte la pièce.

Ce fut un moment pénible. Après le départ de Des, Joey commença à s'agiter sur sa chaise.

– On se donne une heure pour tout boucler, dis-je, et on s'en va.

Il acquiesça, s'éclaircit la gorge et se mit au boulot. Nous étions côte à côte. Il parut se détendre au fur et à mesure qu'il noircissait sa feuille. Nous étions comme un couple d'étudiants planchant sur un examen. Je m'appliquai particulièrement sur le récit de ma première visite chez Mme Ford. Le jour où j'avais découvert le coupé rouge dans le box.

Au bout de vingt minutes, un officier en civil nous apporta deux cafés dans des gobelets en plastique.

– L'inspecteur Murray a été appelé à l'extérieur. Il m'a chargé de vous remercier pour votre concours. Il vous tiendra au courant des prochains développements de l'enquête.

– Vous parlez bien de l'inspecteur Murray ? *Des Murray ?* ironisai-je.

L'homme sourit d'un air entendu et s'éclipsa. Je terminai avant Joey qui écrivait beaucoup plus proprement que moi. Je jetai un coup d'œil à mes griffonnages. J'aurais peut-être dû m'appliquer un peu plus. J'envisageai un moment de recommencer puis abandonnai cette idée. J'en avais déjà assez fait comme ça.

J'avisai deux cartons d'archives derrière la chaise de Des Murray. Je reconnus les documents que j'avais rapportés de chez Heather dans le tas.

A en juger par la quantité de papier, la police avait interrogé plus d'une centaine de personnes. Alors que, de toute évidence, l'assassin de Kelly ne pouvait être qu'un de ses proches. Quelqu'un qui avait de bonnes raisons de l'éliminer.

James Ford s'acharnait à tout nier en bloc. Le meurtre de sa sœur mais aussi la tentative d'homicide sur Carly Dickens. Carly, quant à elle, avait un sérieux mobile pour vouloir la mort de Kelly. De plus, elle savait où la trouver. Elle n'en continuait pas moins à clamer son innocence.

Qui avait poussé Kelly du sommet de la tour ?

Je tombai sur le dossier concernant Vincent Black. Même s'il en voulait à Kelly de l'avoir trompé, difficile en prison de mettre ses menaces à exécution. Sans compter que Liam, son supposé « bras droit », était devenu le petit ami de Kelly.

Accompagnant les notes de l'inspecteur, je trouvai le procès-verbal de l'agression dont avait été victime Dan Mackenzie.

Je réalisai brusquement que toute cette spirale infernale avait eu pour origine le décès de Dan Mackenzie. Des quatre jeunes impliqués dans ce drame, deux avaient trouvé la mort (Dan et Kelly), l'une était gravement blessée (Carly), le dernier était en prison (Vince).

Une coupure de presse s'échappa de la chemise. Je commençais à la lire quand j'entendis Joey se lever. Il devait avoir terminé son *pensum*.

Dan Mackenzie, fils unique de John et de Nicole Mackenzie, n'avait que vingt-cinq ans quand il est mort à la suite d'une bagarre provoquée par un jeune voyou. Dan Mackenzie et sa fiancée, qui venaient tous deux d'achever de brillantes études, s'apprêtaient à partir comme volontaires pour une mission humanitaire d'un an en Afrique...

Je relevai les yeux, la gorge nouée. Pendant une fraction de seconde, l'image de Billy me traversa l'esprit. Je me sentais terriblement en faute. Joey se tenait devant moi, souriant.

– On y va ? demanda-t-il.

– Oui, mais je voudrais d'abord finir cet article, répondis-je en évitant son regard.

Son assassin, déjà connu des services de police, a été déféré hier devant ses juges. Il a été condamné à douze mois de prison pour blessures volontaires ayant causé la mort sans intention de la donner. Peut-on encore parler de justice ?

La suite revenait longuement sur les circonstances du drame et exigeait des condamnations plus sévères dans l'avenir. Dan s'était rendu dans cette bijouterie pour reprendre la montre de sa petite amie, laissée en réparation. Il y avait une photo du couple. Je sursautai en découvrant la légende : *Dan Mackenzie en compagnie de sa fiancée, Moira Henderson.*

Je restai figée en découvrant le visage mince de la fille. Elle avait les cheveux tirés en arrière mais ses traits m'étaient familiers.

– Qu'est-ce qui se passe ? s'étonna Joey.

– Moira Henderson, murmurai-je.

Je pris mes lunettes dans mon sac et scrutai à nouveau le cliché.

– Qui ?

Je trépignai sur place.

– La fille qui ne quitte pas Mme Ford d'une semelle. La nana de l'association Aide aux Victimes.

– Et alors ?

– Je crois que c'était la petite amie de Dan Mackenzie !

Joey demeura bouche bée.

– Elle n'est enregistrée dans aucune des antennes de la ville. Le type de Walthamstow m'a appelée ce matin. La seule Moira qu'il avait dans ses fichiers était une de leurs anciennes adhérentes. L'affaire remontait à six mois.

Je tendis le papier à Joey en lui indiquant le passage important.

— Tu penses qu'il s'agit de la même personne ? Qu'est-ce qu'elle fabrique avec Mme Ford ?

— Elle possède aussi une voiture rouge.

Je la revoyais montant dans son auto en compagnie de sa protégée.

— Mais nous avons retrouvé la bagnole, poursuivit Joey.

— Pas le conducteur !

Les scénarios se bousculaient dans ma tête.

— Je suis complètement largué, avoua Joey. C'est une histoire de dingues.

— Dan Mackenzie est mort des suites de son agression dans la bijouterie. L'enregistrement des caméras de surveillance a dû être montré lors du procès.

Joey se contenta de hausser les épaules.

— Sur cette K7, on voyait deux filles, Kelly et Carly, assister impassibles au passage à tabac de Dan Mackenzie. J'ai moi-même visionné les images. C'était effrayant. Pense à ce qu'a ressenti Moira en les découvrant au tribunal. Elle a dû immédiatement haïr ces deux gamines.

— C'est elle qui aurait tué Kelly ?

Joey paraissait incrédule.

— Pourquoi pas ? Rappelle-toi que Kelly se plaignait d'être suivie par une voiture rouge. Moira a une voiture rouge !

— Tout ça pour devenir ensuite l'amie de la famille ?

— Et utiliser le coupé de Mme Ford pour éliminer Carly. Histoire de brouiller les pistes.

— Explique-moi pourquoi James a essayé de faire disparaître la caisse.

Joey venait de marquer un point capital. Je n'avais pas de réponse à proposer. Un truc ne tournait pas rond. J'avais peut-être tort sur toute la ligne. Avec un peu de chance, James Ford était en train de faire des aveux complets dans la pièce voisine.

Je fouillai à nouveau dans le dossier Vincent Black. Je dénichai rapidement la liste des proches de Dan. Moira vivait à Walthamstow.

– Nous ne sommes pas loin de la conclusion, Joey. Le plus simple est d'aller lui dire deux mots. Tu es de la partie ?

Joey fronça les sourcils, ce qui pouvait signifier : « *Assez Patsy. Laisse tomber.* » Après quelques secondes de réflexion, il hocha la tête.

Je lui sautai au cou.

21

À l'heure du thé

Nous mîmes peu de temps à gagner Walthamstow. Joey avait sorti le plan de Londres de la boîte à gants et me guida de main de maître. Moira vivait dans une maison victorienne des vieux quartiers. Les rues étaient propres et tranquilles avec des ralentisseurs tous les cinquante mètres. Il y avait des arbres le long des trottoirs, des pelouses bien entretenues devant chaque demeure.

Nous frappâmes à la porte sans savoir ce que nous allions découvrir. Le pire, c'est que je ne savais même pas ce que j'allais dire à cette femme. Je n'avais qu'une question en tête. Etait-elle l'ancienne fiancée de Dan Mackenzie ? Dans l'affirmative, je voulais qu'elle m'explique ce qu'elle fabriquait avec Mme Ford en se faisant passer pour une bénévole de l'association Aide aux Victimes.

A aucun moment l'idée de l'accuser de meurtre ne

m'avait effleuré l'esprit. Joey Hooper parut soulagé quand je lui exprimai mon sentiment.

Le visage mince apparut dans l'entrebâillement.

– Entrez, je vous en prie, dit-elle.

Elle ne semblait pas du tout surprise de nous voir. J'eus même l'impression qu'elle nous attendait. Elle me reconnut sur-le-champ.

– Nous serons mieux dans la cuisine.

Elle nous précéda dans un étroit couloir. L'endroit était petit mais agréable, avec des étagères au lieu des habituels placards. Les murs étaient en briques apparentes. Tout était ancien, à commencer par la vaisselle. Des bouquets de plantes aromatiques pendaient au plafond. Une table en bois trônait au milieu de la pièce avec quatre chaises rustiques. Moira remplit la bouilloire d'eau et la posa sur une cuisinière qui devait avoir au moins cinquante ans.

J'avais l'impression de faire une plongée dans le passé.

– J'allais justement préparer le thé. Vous en prendrez une tasse ?

La scène paraissait irréelle. Moira était d'un calme incroyable.

– Il me reste du gâteau aux carottes. Ça vous tente ?

– Non, merci.

J'étais complètement déconcertée.

– Dan disait qu'il n'en avait jamais goûté de meilleur. Pourtant la recette est facile. Il suffit de...

Elle s'arrêta brusquement de parler et s'agrippa au bord de la table.

– Vous ne vous sentez pas bien ? demandai-je en me levant.

– Mon Dieu ! Ça fait plus de huit mois que Dan est mort.

– Je suis désolée.

La formule était banale mais je n'avais rien de mieux en rayon.

– Vous ne l'avez pas connu. Vous ne pouvez pas comprendre. Tout le monde m'a expliqué que je devais reprendre goût à la vie. C'est ce que je me suis efforcée de faire jour après jour. Des semaines entières, de toute mon âme. Il a été tué par un petit minable qui voulait impressionner deux gamines.

Elle se laissa tomber sur sa chaise. Derrière elle, un nuage de vapeur s'échappait du bec de la bouilloire. Je fis un geste à Joey.

– Je m'occupe du thé, dit-il, soulagé d'avoir quelque chose à faire.

– Ça va ? répétai-je.

Elle ne pleurait pas. C'était ça le plus étrange. Rien sur son visage ne signalait qu'elle luttait pour contenir ses larmes. Ses yeux étaient parfaitement secs. Elle gardait la tête haute.

– J'ai tellement de rancœur en moi, reprit-elle. De haine.

Joey fit le service en essayant de ne pas réagir aux paroles de Moira. Je ne pus me retenir plus longtemps.

– Moira, c'est vous qui avez tué Kelly Ford ?

Elle me fixa un bon moment. Puis elle se leva, ouvrit un tiroir et en sortit une enveloppe en papier kraft.

– Tout est là, dit-elle. J'ai écrit ce texte peu après la mort de la fille.

Elle regarda Joey et les tasses fumantes. Elle attrapa un plateau sur le plan de travail.

– Passons au salon, proposa-t-elle, comme si nous étions de simples amis venus lui rendre visite.

Nous la suivîmes en silence.

La pièce était en parquet. Un immense canapé barrait tout le mur du fond. Au-dessus, une douzaine de photos encadrées. Elles représentaient toutes un jeune homme d'environ vingt-cinq ans en compagnie de Moira ou d'autres personnes, probablement des copains. Deux des clichés semblaient avoir été pris dans un pays étranger. En Afrique ou en Amérique du Sud, d'après la végétation.

— Racontez-nous ce qui est arrivé.

Elle nous tendit nos tasses et s'assit en face de nous à même le sol.

— J'ai été très entourée après la mort de Dan. Il ne se passait pas une journée sans que je reçoive des marques de sympathie. Des inconnus m'écrivaient pour me soutenir le moral. A l'approche du procès, tout ça s'est un peu calmé. C'était normal ; je ne m'attendais pas à être maternée jusqu'à la fin de mes jours.

— C'était en janvier, n'est-ce pas ?

Elle hocha la tête.

— Les débats furent plus difficiles à supporter que prévu. Le policier chargé de l'affaire m'avait conseillé de ne pas m'y rendre. Ce serait trop dur. Mais je voulais voir de mes propres yeux le type qui m'avait enlevé Dan.

— Vous avez visionné les films ?

Elle me regarda avec surprise.

— Oui. J'ai vu ce monstre cogner sur Dan en souriant à ses copines. Je n'oublierai jamais cette scène.

— C'est à partir de ce jour que vous vous êtes mise à suivre Kelly ?

Ses traits se figèrent.

— Ce n'est pas aussi simple que ça, reprit-elle avec lassitude.

— Laisse-la parler, Patsy, intervint Joey.

— Après le procès, j'ai tenté de me ressaisir, de remonter la pente. J'ai tenu le coup jusqu'en avril. A cette époque, j'ai reçu une lettre. Elle nous était adressée à Dan et à moi. Elle provenait de l'organisation humanitaire pour laquelle nous devions travailler en Afrique. Ils n'étaient pas au courant. Je n'avais pas pensé...

Son visage se décomposa. Elle était sur le point de craquer.

– Vers la mi-avril, poursuivit-elle, j'ai recommencé à aller très mal. J'allais tous les jours m'asseoir devant la bijouterie pendant des heures. Je ne faisais rien d'autre que regarder. Puis, un après-midi, je l'ai vue. Elle était avec son nouveau petit ami.

– Kelly Ford ?

– Pleine de vie. Ils faisaient leurs courses en se serrant l'un contre l'autre. Ils sont entrés dans la boutique où Dan avait été agressé. Je n'en croyais pas mes yeux.

– C'est là que vous avez commencé à la filer ?

– Au début, je voulais juste savoir où elle habitait. J'irais la voir, je lui raconterais ce qu'était devenue mon existence... Mais je n'ai pas eu le courage. Je me suis contentée de la suivre. Je ne suis pas très fière de moi.

Je fronçai les sourcils, étonnée. Si elle avait honte d'une chose aussi anodine, je la voyais mal assumer la culpabilité d'un meurtre...

– C'est de cette façon que j'ai découvert sa cachette à Huxley Point. Ce matin-là, elle portait deux gros sacs. J'ai pensé qu'elle déménageait. Son copain l'attendait au pied de la tour. L'ascenseur est monté jusqu'au dernier étage. Ils devaient vivre dans un des appartements inoccupés. Je suis repartie.

– Que s'est-il passé le premier mai ? demandai-je dans un souffle.

– Il fallait que je lui parle. Un des bénévoles de l'association Aide aux Victimes m'avait proposé une fois ce genre de confrontation. J'aurais rencontré les responsables de la mort de Dan. Une sorte d'échange pour essayer de comprendre ce qui s'était passé.

– J'ai entendu parler de ça, observa Joey. Je connais

deux types qui l'ont fait. Ils m'ont dit que c'est un sacré choc de rencontrer des gens dont on a bousillé la vie.

Moira acquiesça.

– Je voulais en finir avec cet enfer, ajouta-t-elle. J'ai attendu que son ami sorte puis je suis montée au dernier étage. Je n'ai pas mis longtemps à identifier la porte. Des traces de pas dans la poussière, un cadenas différent des autres. J'ai frappé. Une voix de femme à l'intérieur m'a crié d'entrer. Elle devait croire que c'était son copain qui avait oublié quelque chose. Quand je suis apparue sur le seuil, elle est restée un moment immobile, tétanisée. Puis elle a commencé à hurler. Elle me prenait pour une fille de la mairie. Elle braillait qu'elle avait le droit d'occuper cet appartement. Qu'il fallait que j'entame une procédure en justice pour la faire expulser.

Moira ne nous regardait plus, elle semblait perdue dans la contemplation du parquet.

– J'ai enfin réussi à lui dire qui j'étais, reprit-elle d'une voix étouffée. Je lui ai proposé de bavarder. Elle m'a demandé de la laisser tranquille. Elle était hors d'elle, arpentant la pièce en gesticulant. Elle voulait savoir si c'était moi qui la suivais tout le temps. Elle a aussi évoqué des coups de téléphone anonymes. Elle m'a menacée de porter plainte à la police. Vous imaginez le cauchemar. J'étais là pour tenter de faire la paix avec elle et elle n'arrêtait pas de m'agresser verbalement. A un certain moment, elle m'a même accusée de chercher à me venger. Elle prétendait que j'étais venue pour la tuer.

Moira releva la tête et nous fixa un court instant.

– Comme si j'étais capable d'une monstruosité pareille ?

Je ne savais plus quoi penser. Je jetai un regard discret en direction de Joey. Il demeurait impassible, attendant la suite.

– Elle était totalement hystérique. Je me suis approchée

d'elle pour essayer de la calmer. Je l'ai attrapée par les épaules et secouée violemment. Je m'étais mise à crier à mon tour : « *Ferme-la, petite idiote !* » J'étais à bout de nerfs. Je l'ai giflée de toutes mes forces.

Moira éclata en sanglots. Elle pleurait doucement, la tête entre les mains. Puis elle continua, la voix tremblante.

– Elle est restée pétrifiée quelques secondes avant de se précipiter vers la sortie. Je me suis excusée. En vain. Elle était déjà dans l'entrée. Je l'ai suivie. J'avais peur qu'elle fasse un scandale. Je l'ai rattrapée sur le palier et j'ai couru vers l'ascenseur pour lui barrer le passage. Je ne voulais pas lui faire de mal...

Une larme coula le long de sa joue qu'elle essuya du revers de la main.

– Elle est partie dans la direction opposée. Je ne pouvais pas deviner où elle allait. La porte était ouverte. Je l'ai suivie. Nous étions sur le toit de l'immeuble. Je me suis arrêtée sur le seuil. Je lui ai crié de se calmer. Elle ne m'écoutait toujours pas. Elle était complètement paniquée.

– Elle est tombée accidentellement ? dis-je en essayant d'imaginer la suite.

– J'aurais dû la laisser seule, ne pas insister. Mais j'avais peur qu'elle fasse une bêtise. Je me suis approchée d'elle, les mains tendues. Je voulais la ramener à l'intérieur. Elle a recommencé à hurler. Elle s'est tournée brusquement. Il était trop tard...

– Elle s'est jetée dans le vide ?

– Je pense qu'elle n'avait pas conscience d'être si près du bord.

Un silence pesant s'installa entre nous. Je me repassai le film des événements dans ma tête. Kelly Ford affolée, fuyant devant Moira puis basculant par-dessus le muret comme poussée par un assassin invisible.

– Pourquoi vous ne vous êtes pas présentée à la police ? demanda Joey d'une voix douce.

– J'étais bouleversée. Je savais que c'était un accident mais quelque chose au fond de moi se réjouissait de ce dénouement. Elle était morte. J'ai longtemps pensé, après sa chute, que je l'avais moi-même poussée.

– Vous avez réussi à vous éclipser ?

– J'étais étrangement calme. Je suis redescendue à l'appartement. J'ai trouvé les clés du cadenas dans la cuisine. J'ai refermé la porte. Personne ne m'a remarquée quand je suis sortie du bâtiment. L'ambulance venait d'arriver. Ils étaient tous agglutinés autour du cadavre.

– Pourquoi êtes-vous allée voir Mme Ford en prétendant que vous étiez membre de l'association ? poursuivis-je.

– Ce n'est pas ce que j'ai fait. Je suis allée chez elle pour lui raconter la vérité. Quand elle a ouvert, je lui ai dit que je venais lui parler de la mort de Kelly. Elle m'a répondu qu'elle m'attendait. J'ai réalisé après quelques minutes qu'elle me prenait pour une bénévole de l'organisation. Je n'ai plus eu le courage de lui avouer qui j'étais. Nous sommes devenues très proches.

Quelque chose me tracassait.

– Si vous n'avez pas tué Kelly, pourquoi avoir voulu éliminer Carly Dickens ?

Moira me regarda, abasourdie.

– Je n'ai rien à voir avec Carly Dickens. Vous ne pensez pas que j'en ai déjà vu suffisamment avec la disparition de Kelly ?

Elle me fixait, le visage baigné de larmes.

Joey ramena le plateau et les tasses dans la cuisine, je lui donnai un coup de main pour les laver. Durant tout ce temps, Moira resta assise, l'enveloppe en papier kraft serrée contre sa poitrine.

22

Aveux

Nous conduisîmes Moira Henderson au commissariat. J'étais au volant. Elle était à l'arrière en compagnie de Joey. Nous étions désolés pour elle. Joey passa une partie du trajet à lui prodiguer des conseils.

– Ce n'était qu'un malheureux accident, disait-il. Vous ne l'avez pas tuée. Au contraire, vous avez tenté de la calmer. Faites attention à ce que vous allez raconter. Je connais la police. Ils vont essayer de vous piéger.

Il prononça le mot « police » avec emphase. Moira ne répondait pas. Elle regardait fixement devant elle. Joey continuait à parler.

– Vous devez prendre un avocat. Ne montrez votre confession que lorsqu'il l'aura lue.

Il avait raison. Il fallait qu'elle prenne l'avis d'un spécialiste. Elle ne broncha pas. Elle se tenait avec raideur, l'enveloppe toujours serrée contre sa poitrine.

Je n'étais pas certaine qu'elle recueille beaucoup de sympathie chez les flics. Si seulement elle s'était présentée dès le premier jour ! Si seulement elle ne s'était pas fait passer pour une bénévole de l'association Aide aux Victimes ! Tout cela n'allait pas jouer en sa faveur.

– Je peux admettre que Mme Ford se soit méprise en vous voyant débarquer chez elle, commençai-je. Je peux aussi comprendre que vous n'ayez pas osé démentir sur le coup. Mais pourquoi avez-vous continué si longtemps à jouer le jeu ? Vous imaginez ce qu'elle va ressentir en apprenant la vérité ?

Moira secoua la tête et se racla la gorge. Sa voix était sourde, presque inaudible.

– Je sais que ça a l'air prémédité. Mais croyez-moi, je n'avais aucune mauvaise intention. Elle était anéantie quand je suis arrivée. Elle m'a fait promettre de revenir le lendemain. Mes visites l'aidaient à surmonter sa douleur. Elle m'a demandé mon numéro de téléphone. Elle m'a rappelée le lendemain matin. Elle avait besoin de moi. James était plus un poids qu'un soutien. Il ne cessait de se lamenter sur la mort de sa sœur sans penser à sa mère.

– Vous n'avez jamais envisagé de tout lui avouer ?

– Quand elle irait mieux. J'ai cru que ça ne durerait que quelques jours mais les semaines ont passé. Je ne trouvais jamais le bon moment pour lui parler. Pour finir, j'ai décidé d'attendre que quelqu'un découvre ma véritable identité, que j'étais la compagne de Dan.

Je restai silencieuse. Son récit était parfaitement cohérent. Cette fille était impliquée dans une mort violente et pourtant je continuais à bien l'aimer. C'était un sentiment étrange.

Comme je me garais devant le poste, une voiture de patrouille s'arrêta à notre hauteur, bloquant la circulation. Murray était à l'arrière. Assis à côté de lui, l'air renfrogné, se tenait Liam Casey. Des baissa la vitre et se pencha vers nous.

– Vous avez fait vos dépositions ? demanda-t-il sur un ton agressif.

– Oui. Nous vous amenons Moira Henderson qui a...

– Plus tard. Je viens d'arrêter le suspect numéro un, coupa-t-il, sarcastique, en montrant Liam du pouce.

– Vous perdez votre temps, répliquai-je. Cette jeune femme était avec Kelly quand elle est tombée du toit.

Des Murray me foudroya du regard puis dévisagea Moira. Il ouvrait la bouche pour parler quand un Klaxon retentit dans la file d'attente qui s'était formée derrière eux. Il se retourna, furibard, vers le premier conducteur qui leva les mains pour protester de son innocence.

– On se retrouve à l'intérieur, aboya-t-il alors que la voiture redémarrait en trombe.

Des Murray nous abandonna dans la grande salle commune. Elle débordait de monde. Une vingtaine de délégués de différents districts, arborant des badges, attendaient je ne sais quoi. Sur le mur une grande pancarte : LA PRÉVENTION. UNE SOLUTION POUR DEMAIN ?

– C'est un séminaire sur la délinquance, expliqua brièvement Des Murray en faisant la grimace.

Moira Henderson et moi nous assîmes sur une chaise. Joey préféra un coin de bureau. Il n'avait pas l'air très à l'aise. Autour de nous les conversations allaient bon train.

– J'en ai pour une minute, lança Des Murray en poussant Liam devant lui. Ensuite, vous m'expliquerez votre histoire.

Il paraissait méfiant. Il me regardait d'un air inquisiteur comme si je venais de commettre un délit. Liam Casey me jeta un coup d'œil consterné en entrant dans la salle d'interrogatoire. Je ne savais plus où me mettre.

C'est alors que j'aperçus Mme Ford à l'autre bout de la pièce. Elle s'avançait vers nous accompagnée d'une femme policier. Quand elle ne fut plus qu'à un mètre de nous, je remarquai sa veste boutonnée de travers et ses cheveux en bataille. Son visage se durcit en me voyant puis se détendit en découvrant Moira.

– Moira, je suis si contente que vous soyez là, s'exclama-t-elle. Vous n'allez pas le croire. Ils ont arrêté James.

Moira demeura impassible et ne répondit pas. Je fis de même. La pauvre femme découvrirait la vérité bien assez tôt.

– Vous avez entendu ? reprit-elle en secouant Moira par le bras. Ils veulent mettre James en prison !

Des Murray était déjà de retour. Il avait dû confier Liam à un de ses collègues. Il s'attarda avec un groupe de délégués avant de venir nous rejoindre. Il ignora Mme Ford pour s'adresser directement à moi.

– Alors, mademoiselle Kelly, qu'avez-vous de si important à me dire ?

– Il y a du nouveau, répondis-je évasivement.

Je ne voulais pas m'étendre devant Mme Ford.

– Nous pourrions parler seul à seule ? repris-je.

Des Murray poussa un soupir. Il était à deux doigts de m'envoyer paître. Mais il se ravisa et m'entraîna légèrement à l'écart.

– Je suis très occupé, murmura-t-il en confidence. J'ai Liam Casey dans une pièce avec un inspecteur qui l'interroge sur la mort de Kelly Ford. J'ai James Ford dans une autre qui répond sur la tentative de meurtre dont a été l'objet Carly Dickens. Je ne peux vous consacrer que peu de temps. Soyez brève.

Je lui jetai un regard paniqué puis désignai Mme Ford du menton. Je me voyais mal tout débiter en sa présence. Des Murray haussa les épaules et se pencha vers une des femmes agents.

– Pouvez-vous accompagner Mme Ford prendre une tasse de thé au distributeur ?

Mme Ford se leva en gesticulant. Plusieurs têtes se tournèrent dans notre direction.

– Vous ne comprenez pas, s'écria-t-elle. Je ne dois pas bouger d'ici. C'est important. Vous voulez mettre en prison mon fils qui est innocent. Il faut que vous le relâchiez. Il a passé toute la soirée avec Moira. Pas vrai Moira qu'il était avec vous ?

Moira restait prostrée, l'enveloppe sur ses genoux.

– Moira ! Racontez-leur ! Pourquoi ne répondez-vous pas ?

Moira finit par bredouiller quelque chose comme si ces dernières paroles l'avaient réveillée de son cauchemar.

– Qu'est-ce que ça veut dire, Patsy ? s'emporta Des Murray. Cette femme est l'alibi de James ? Je croyais qu'elle était sur le toit avec Kelly Ford au moment de la chute ?

Moira commença à parler à toute vitesse. Mme Ford paraissait ne pas avoir entendu les derniers mots de Murray.

– C'est vrai, reconnut-elle. James Ford était avec moi le soir de l'accident de Carly. J'étais passée voir Maureen mais elle était complètement soûle. James m'a dit qu'elle dormait dans la pièce du fond. Je suis restée au moins deux heures à écouter James évoquer la mémoire de sa sœur. Il ne pouvait plus s'arrêter.

– Ce qui signifie que James n'était pas au volant du coupé rouge, conclut Des Murray en tirant une drôle de tête.

Il avait l'air de quelqu'un qui a trouvé un gros billet dans la rue et qui vient de s'apercevoir qu'il l'a perdu à son tour.

La pièce manquante du puzzle venait de faire son apparition ! L'ensemble prenait maintenant forme. James n'avait pas essayé de tuer Carly Dickens. C'était quelqu'un d'autre. Une personne qui connaissait l'origine des coups de téléphone anonymes et qui avait de bonnes raisons de penser que Carly avait poussé Kelly dans le vide. Une personne qui avait voulu se venger. Ce n'était pas plus compliqué que ça.

Je me tournai vers Mme Ford. Elle s'était rassise et se serrait autant qu'elle pouvait contre Moira.

– Madame Ford, commençai-je, c'est vous qui conduisiez la voiture ce soir-là. Vous pensez que c'était Carly qui avait tué Kelly. Vous avez attendu devant chez elle

qu'elle rentre du travail puis vous lui avez foncé dessus dans la petite allée.
– Quoi ?
Tout le monde, à présent, s'était tourné vers elle.
– C'est ridicule ! s'exclama-t-elle.
– Madame Ford ? intervint Des Murray.
Maureen Ford éclata subitement en sanglots. Elle lâcha son sac, qui tomba sur le sol. Une femme policier s'approcha pour la réconforter.
– Elle m'avait enlevé ma fille. Je ne pouvais pas le supporter.
– Ce n'est pas vrai, Maureen ! Dites-moi que ce n'est pas vrai...
Moira s'était mise à son tour à pleurer.
Des Murray contemplait la scène, éberlué. Il se grattait nerveusement le crâne et n'osait pas me regarder. Il venait de se faire coiffer au poteau.
– J'aimerais bien savoir ce que tout cela signifie ! explosa-t-il au comble de l'exaspération.
Il devait se sentir terriblement frustré.

Moins d'une heure plus tard, Des Murray avait redistribué les rôles. Moira et Mme Ford étaient chacune entre les mains d'un inspecteur. Elles attendaient leurs avocats pour répondre aux questions. Des Murray nous conduisit, Joey et moi, dans son bureau où il nous fit servir du thé et des biscuits.
Liam Casey et James Ford venaient d'être relâchés. J'aperçus Liam à travers la vitre. Un agent en uniforme le raccompagnait jusqu'à la sortie. Il le tenait par l'épaule et semblait se confondre en excuses.
Liam n'avait été qu'un spectateur innocent dans toute cette histoire. Il avait dû faire son deuil seul, sans per-

sonne à qui se confier. Je me demandai si l'association Aide aux Victimes allait lui envoyer quelqu'un.

Pour James les choses étaient différentes. Il avait menti et essayé de faire disparaître le coupé rouge. Des Murray nous l'abandonna pendant qu'il finissait d'accomplir quelques formalités.

– Je vous le confie un moment, dit-il. Ça ne vous dérange pas ?

James s'installa sur une chaise. Il était plus voûté que jamais. Il refusa le gobelet que je lui tendis.

– Tu crois qu'ils vont t'inculper ? demanda Joey.

James se contenta de hausser les épaules.

– Je ne pense pas, intervins-je pour essayer de le rassurer. D'ailleurs, ils n'ont encore retenu aucune charge contre ta mère. Il s'agit simplement de prendre sa déposition.

– *Simplement !* Il est question de la mort de ma sœur ! gémit-il.

Il était pâle comme un linge, les yeux injectés de sang. Il avait tout perdu. Sa sœur, qu'il adorait, et maintenant sa mère, qu'il avait essayé de protéger. J'aurais dû le plaindre, je sais. C'était le plus malheureux d'entre tous.

Pourtant, je ne trouvai rien de réconfortant à lui dire.

23

Tout est bien qui finit bien

Je terminai la lettre de Billy quelques jours plus tard. Je m'attardai longuement sur l'affaire qui venait de s'achever.

Kelly Ford appartenait à cette catégorie de personnes qui se sentent constamment harcelées. Son frère s'était toujours occupé d'elle. Quand elle a pris le large, il a commencé à devenir obsédé. Il faisait une fixation sur elle, au point de dormir avec ses fringues sous son oreiller. Ce n'est pas un type très clair.

Quand Vince Black s'est répandu en menaces contre elle, la parano de Kelly a redoublé. Il y a eu ensuite les coups de téléphone anonymes. La voiture rouge, celle de Moira, qui la suivait partout. Elle a pété les plombs. C'est la peur qui l'a conduite sur le toit et précipitée dans le vide. Une personne normale aurait réagi différemment. Kelly a complètement craqué.

Que va devenir Moira Henderson ? Je ne pense pas qu'elle soit poursuivie par la justice. Elle est toujours sous le choc de la disparition de Dan Mackenzie. Comme si ce n'était pas suffisant, elle se sent maintenant responsable de la mort d'une gamine de seize ans.

Mme Ford a été inculpée de tentative de meurtre. Son avocat devrait facilement lui éviter la prison en plaidant l'irresponsabilité.

Tout est donc bien qui finit bien.

J'en avais mis cinq pages. J'avais tout raconté à Billy dans le moindre détail. Restait Joey. Impossible de ne pas le mentionner. J'essayai d'être le plus honnête possible.

Deux semaines après ton départ j'ai rencontré Joey Hooper dans la rue. Tu te souviens de lui ? Il s'est comporté comme un véritable ami et a été très efficace sur cette enquête. Il est vraiment sympa. Il va reprendre ses études et je lui ai promis de l'aider dans ses révisions.

Je ne mentais pas mais je ne disais pas toute la vérité. Où était le problème ? Au fond, je ne savais pas où nous en étions avec Joey. Je préférais attendre de voir comment les choses allaient tourner avant d'en parler à Billy. Je tirai la lettre sur l'imprimante. Je rajoutai une ligne à la main.

Tu me manques. Je t'aime. Patsy.

Je scellai l'enveloppe et descendis la poster immédiatement.
Je me rendis un peu plus tard chez Heather Warren. Elle était sortie de l'hôpital la veille. Elle n'ouvrit pas tout de suite quand je sonnai à sa porte. Je me demandai dans quel état j'allais la retrouver.
– Patsy, s'exclama-t-elle avec un large sourire.
Elle portait un ensemble flashy et venait de se laver les cheveux. C'était la Heather que j'avais connue.
– J'étais au téléphone avec Des Murray. Il m'en a appris de belles sur toi !
– Est-ce qu'il t'a dit qu'il avait voulu me mettre en prison ?
Nous passâmes dans la cuisine où elle mit de l'eau à bouillir sur le feu.
– Il y a vaguement fait allusion, en effet.
Elle éclata de rire.
Elle paraissait en pleine forme. Ce n'était peut-être qu'une façade pour donner le change. A moins qu'elle n'ait réellement surmonté son épreuve. Je n'eus pas le courage d'aborder le sujet.
J'avais découvert un autre visage de Heather à l'hôpital, plus humain. Elle m'avait parlé comme à une amie. Elle m'avait confié ses sentiments les plus profonds. Elle avait besoin de moi. Mais aujourd'hui, les choses semblaient avoir changé. L'émotion s'était évanouie. J'avais envie de

lui parler de l'enfant qu'elle avait perdu. Je n'osai pas et la conversation roula sur l'affaire.

– Ce que je ne comprends toujours pas, c'est comment Moira a pu se faire passer aussi longtemps pour une bénévole de l'association ? demanda-t-elle.

– Un simple concours de circonstances, répondis-je. Elle s'est présentée le même jour que la fille qu'attendait Mme Ford. Quand la vraie nana s'est pointée, James, qui a ouvert la porte, lui a expliqué qu'une de ses collègues était déjà passée. Elle a cru à un cafouillage. Elle est rentrée chez elle sans se poser de questions. Ce sont des choses qui arrivent.

Heather ouvrait et refermait tous les placards à la recherche de je ne sais trop quoi. Je repensais à ce que je venais de dire. *Ce sont des choses qui arrivent.* La formule permettait d'expliquer la plupart des mystères de la vie. Pourquoi Vincent Black avait-il déclenché cette bagarre dans la bijouterie ? Pourquoi Dan Mackenzie ne s'était-il pas rendu directement à l'hôpital ? Pourquoi Kelly Ford s'était-elle retrouvée sur le toit de la tour ? Pourquoi la fille de l'association Aide aux Victimes n'avait-elle pas prévenu sa hiérarchie ?

– J'ai appris que ta mère et Gerry allaient se marier ! reprit Heather, interrompant ma méditation.

– Oui, dans deux semaines.

– Tu n'as pas l'air de prendre la chose trop mal, remarqua-t-elle en posant une tasse de thé fumant devant moi.

Je haussai les épaules. Nous restâmes un moment à nous regarder en silence. Heather avait eu une aventure avec Gerry et elle connaissait mes sentiments à son égard.

– Une chance, ajouta-t-elle en riant. Tu n'es pas demoiselle d'honneur.

Je me marrai à mon tour. Heather s'approcha de son bureau puis revint vers moi avec une grosse enveloppe qu'elle me tendit.

— C'est quoi ?
— Ne me dis pas que tu n'en as jamais vu ?

C'était un dossier de candidature pour entrer dans la police. Ce n'était pas la première fois que Heather me faisait du rentre-dedans. J'avais toujours éludé le débat.

— Penses-y. Tu pourrais continuer le même boulot mais avec les moyens en plus. Tu ne vas pas rester toute ta vie à jouer les doublures.

Je pris les formulaires et les feuilletai rapidement.

Femme policier, une chance pour demain.

— Il faut que je réfléchisse, dis-je en le glissant dans mon sac.

— Tu me le promets ?
— Promis.

Plus tard dans la soirée, je me retrouvais vautrée dans le canapé du salon. Gerry paradait dans le costume qu'il porterait au mariage.

— Qu'en penses-tu, Pats ?

Il y avait du mieux. Il avait l'air d'un cadre de banque ou d'un principal de collège. Maman semblait très fière de lui. Elle ne put s'empêcher d'applaudir comme une gamine.

— Tu crois que ce type fera un bon mari, ma chérie ?
— Je crois, ouais.

Pour une fois, j'étais sincère.

Ils pouffèrent comme deux adolescents et je leur jetai un regard sévère de dame patronnesse.

Je ne serais pas demoiselle d'honneur. Je n'avais vraiment pas à me plaindre.

Déjà parus dans la collection Noir Mystère

ANNE CASSIDY
Les enquêtes de Patsy Kelly

1 - Affaires de famille - 4522/E
2 - Voie de garage - 4526/E
3 - Sans issue - 4533/E
4 - Un frère bien sous tous rapports - 4621/E
5 - Mort accidentelle - 4645/E
6 - Rendez-vous nocturne - 4922/E

KATE CHESTER
Le mystère Sara Howell

1 - La prochaine sur la liste - 4724/E
2 - Disparue - 4800/E
3 - Règlement de compte - 4865/E

FIONA KELLY
Mystery Club

1 - Indices secrets - 4523/E
2 - Un témoin trop gênant - 4531/E
3 - L'île interdite - 4535/E
4 - Minuit, l'heure du crime - 4623/E
5 - Jeux dangereux - 4672/E
6 - On a enlevé Tracy ! - 4769/E
7 - Cache-cache - 4834/E
8 - Motus et bouche cousue - 4897/E
9 - Course-poursuite - 4940/E
10 - Sur écoute - 5005/E
11 - Le voleur de chevaux - 5064/E
12 - Le hasard fait bien les choses - 5114/E
13 - Chute fatale - 5201/F
14 - Crash - 5243/F
15 - L'empoisonneuse - 5345/F

MALCOLM ROSE

1 - Un parfait coupable - 4971/E
2 - Un alibi en béton - 5031/E
3 - Mélange explosif - 5047/E

PCA – 44400 Rezé
Achevé d'imprimer en Europe (Allemagne)
par Elsnerdruck à Berlin
le 12 juillet 1999.
Loi n° 49-956 du 16 juillet 1949
sur les publications destinées à la jeunesse
Dépôt légal : juillet 1999. ISBN 2-290-05291-4

**Éditions J'ai lu
84, rue de Grenelle, 75007 Paris**
Diffusion France et étranger : Flammarion